우리가 마주할 기적은 무한하기에

우리가 마주할 기적은 무한하기에

이하진 소설집

안온

차례

이토록 아름다운 세상에

9

지구가 가벼워졌다.

비유적인 표현이 아니라, 정말로 지구의 질량이 줄어들었다는 뜻이다.

아무 전조도 없이 일어난 일이었다. 신이 하룻밤 만에 니켈을 비롯한 몇몇 중금속의 질량을 수정하기라도 한 걸까? 지구는 정말로, 한순간에, 가벼워졌다. 동시에 스스로 중력의 일부를 포기했다.

일련의 사태가 무엇을 의미하는지 그때 사람들은 잘 알지 못했다.

03/19 08:49

사람들은 들뜬 모습으로 하늘로 뛰어오르고 내려오길 반복했다. 1미터 조금 넘는 높이로 천천히 떠올랐다가, 다시 천천히 착지했다. 대부분 어린이들이었지만 몇몇 어른도 들떠서 신나게 뛰어오르긴 마찬가지였다. 산책하던 강아지가 떠오르자 그걸 헐레벌떡 붙잡는 보호

자도 보였다. 새들은 언제나처럼 자유로이 날아다녔지만, 바닥에 착지할 때면 바뀐 중력에 맞춰 양력의 조화를 이루지 못한 채 지면을 구르곤 했다.

노인들은 허리를 펴고 걸어 다닐 수 있게 되었고, 가벼운 사물들은 놀이공원의 헬륨 풍선처럼 둥실둥실 떠오르다 바람에 실려가곤 했다. 새들과 마찬가지로 익숙지 않은 중력에 몸을 허우적대며 천천히 넘어지는 사람들도 많았다. 다만 바닥에 코를 박는 사람은 없었는데, 넘어지는 데 작용하는 중력가속도가 줄어드니 넘어지는 속도 역시 줄어들었기 때문이다.

어제는 용오름으로 높이 솟아오른 바닷물이 사방으로 흩어지는 게 지나가던 유람선의 승객들에게 목격되었고, 그 바닷물은 아직 구름처럼 무역풍을 타고 하늘을 표류하며 전 세계를 떠돌고 있었다. 상수도가 역류하거나 모든 구기 종목 리그가 중단되는 정도는 예삿일이었다.

……이토록 우스꽝스러운 이야기만 늘어놓을 수 있다면 차라리 좋았을 것이다. 마찰력은 마찰계수와 수직항력의 곱으로 나타낼 수 있는데, 수직항력은 표면에 대해 수직인 힘의 반작용으로 나타난다. 단순히 말해 지면에 작용하는 마찰력의 크기는 중력에 대충 비례한다는 뜻이다. 중력이 줄어들면 마찰력 역시 줄어들어 경사로에 세워둔 자동차 같은 건 쉽게 미끄러지고 만다. 그런 이유로 몇 명에서 몇백에 이르는 규모의 사망 사고가 세

계 곳곳에서 갑작스레 일어났다. 그 외에도 용광로에서 용암이 흘러내리거나 추락 위험성으로 항공기 운행이 중단되거나 하는 온갖 재난과 재해가 동시다발적으로 발생했다. 이 때문에 제대로 제어되는 산업망이라곤 통신 정도가 유일했고 몇몇 대로는 통행이 통제되기에 이르렀다.

여기까지가 지구가 가벼워진 그날부터 이틀간 일어난 일이었다. 앞으로도 질리도록 볼 혼란일 터, 그 '앞으로'라는 게 얼마나 남았을지 모르는 일이었지만 말이다.

세상은 망할 거야……. 무의식적 읊조림이 아닌 말 그대로의 의미를 곱씹은 뒤 어쩐지 전날보다 쌀쌀해진 공기를 들이마시며 수리물리 강의실로 향했다. 제본하지 않은 날것 그대로의 두꺼운 교재를 꺼내며 주변을 둘러보았다. 중력이 줄었기에 책은 두께에 비해 썩 무겁지 않았다. 몇몇만이 자리를 채운 휑한 강의실에 일부러 큰 소리로 책을 내려놓았다. 가벼운 무게 탓에 내려놓는 느낌이 영 시원치 않았다. 그래, 이런 일이 있는데 대학생이 굳이 주말 보강을 들으러 올 필요는 없겠지. 시험을 앞뒀더라도 말이야. 당장 세상이 망하게 생겼는데 학점이 중요할까. 사실 오늘 강의는 빼먹을까 생각했지만 여기서 더 결석했다간 얄짤없이 F라서 어쩔 수 없이 나왔기에, 결석한 친구들을 탓할 생각은 없었다. 그저 부러울 뿐이었다.

하긴, 어차피 세상이 망할 건데 성적이 무슨 대수인가? 지금이라도 나가서 술이나 마실까? 그러고는 엄마한테 전화를 하겠지. 엄마, 잘 지내? 세상이 망할 것 같아. 나는 그 와중에 술이나 마시고 있어. 어쩌겠어. 지구가 그러겠다는데. 뭘 할 수 있는 것도 아니잖아. 집에 못 오냐고? 가다가 사고 날 것 같아. 뉴스에 보이잖아. 대화를 가정하니 지금 상황이 더 어이없고 딱하게 느껴졌다.

"멸망을 앞두고 성실하네."

옆자리에 가방을 가볍게 내려놓은 과 동기가 말을 건넸다. 이 녀석과는 어젯밤에 메신저로 중력 붕괴 현상에 대해 열띤 논쟁을 벌였던 참이다. 자기 몸무게를 통해 줄어든 지구 질량을 알아내고, 지구가 나아가는 속도를 계산해 새로운 궤도를 알아본다거나 하면서. 일련의 과정에는 지구를 어떻게든 '살리려는' 안타까운 가정들이 박혀 있었다. 그럼에도 결과는 멸망으로 수렴한다고 각자 결론지으며 찝찝하게 잠자리에 들었다. 고작 물리학과 학부생이 뭘 할 수 있겠어. 이런 건 NASA도 막지 못할 일일 텐데.

수능 성적표를 받은 날이라든가, 첫 학사경고를 받은 날이라든가 그 밖에 많은 날에 제발 세상이 망했으면 하고 바랐지만 이토록 잔인한 방식으로 멸망하길 바란 건 아니었다. 적어도 내가 바란 멸망은 '눈 떠보니 멸망을 체감할 틈도 없이 전부 망해 있었다' 정도였다. 게다가 받아들이기 힘든 여러 상황을 회피하고자 무의식적으로 되뇔 뿐이었지 딱히 진심으로 멸망을 바란 것도 아니었다.

책상에 턱을 괴고 부질없는 생각을 이어가던 중 전보다 가벼운 몸놀림으로 강의실 문을 열고 들어오는 풍채 좋으신 교수님이 눈에 들어왔다. 가볍다 못해 통통 튈 듯한 발걸음과는 다르게 무겁게 가라앉은 안색이 눈에 띄었다. 아마 우리가 그랬듯 이 사태에 대해 생각한 결과겠지. 자리에 앉은 한 학생이 중력 붕괴를 거들먹거리며 휴강을 제안했지만 교수님은 묵묵히 오늘의 출석 번호를 칠판에 적은 후 수업을 시작했다. 휴대폰을 켜고 전자출결 시스템에 번호를 입력하는데, 공중에 떠 있는 라멘 먹고 싶지 않아? 라며 옆에 앉은 녀석이 문자를 보냈다. 나는 헛웃음을 지으며 좋아, 라고 짧은 답장을 보냈다.

03/20 14:57

어린 시절 끈 따위를 길게 붙잡고 머리 위로 휘휘 돌려본 경험이 있을 것이다. 이번에는 요요의 끈을 붙잡아 돌리고 있다고 생각해보자. 요요를 돌리는 도중 손을 놓는다면, 요요는 돌던 방향 그대로 날아가고 말 것이다. 이제 요요의 끝을 지구라고 생각해보자. 우주에서 끈의

역할은 중력이 하고 있다. 계속 말했지만 지구는 갑작스럽게 질량을 잃어 중력이 약해진 상태다. 지구를 끈에 매달아 돌리다가 갑자기 끈이 끊어진다면, 지구는 어떻게 될까?

지구는 생명가능지대를 포기한 듯 본래의 공전궤도를 이탈했다. 공전 속도로 인간을 싣고 달이 아닌 곳을 향해 나아가는 첫 발사체가 지구 그 자체가 될 줄은 누구도 예상하지 못했을 것이다. 정확히는 새 중력을 통해 만들어진 새로운 궤도를 통해 나아가는 중이었지만, 어찌되었든 생명가능지대를 벗어날 것이라는 예측은 반가운 일이 아니었다. 생명가능지대는 행성계에서 물이 액체 상태로 존재할 수 있는 구역을 의미하는데(물을 생명의 기준으로 삼는다는 점에서 지극히 지구중심적인 관점이다), 이를 벗어난다는 것은 멸망에 준하는 상태가 된다는 뜻이었다. 만약 생명가능지대, 골디락스존의 끝자락에 걸친다고 한들 지구 전체의 기온은 크게 내려갈 것이며, 1년의 단위는 바뀔 것이고, 지구 환경의 대격변은 자명했다. 또한 새로운 궤도가 다른 태양계 행성들의 궤도와 충돌하지 않는다는 보장도 없었다. 인류 멸망이 이런 식으로 다가올 줄 누가 알았을까?

천문학적 스케일 앞에서 인간의 단위는 무의미할 정도로 작다. 그 사실은 우주라는 태고의 자연 앞에서 인간이라는 존재가 얼마나 무능력한지 증명했다. 빛은 1초에

30만 킬로미터를 간다는데, 인간은 전속력으로 뛰어봤자 한 시간에 30킬로미터도 가지 못한다. 지구라는 한정적 공간이 아닌, 우주라는 자연 그 자체 속에서 인간은 미약하고 하찮은 존재였다. 3켈빈에 불과한 허무 공간과 5만 켈빈에 달하는 항성의 온도가 공존하는 곳에서 고작 섭씨 10도 정도의 변화는 먼지만도 못한 것이었다. 적어도 우주에서는 그랬다. 무의미해서 무시할 수 있을 정도의 변화.

하지만 그 초라하고 창백한 푸른 점에서만 한평생을 살아온 인간들에게 그만큼의 변화는 재앙이나 다름없었다. 고작 골디락스존에서 조금 움직인 것만으로도 지구의 최고기온은 이틀 만에 10도나 내려갔다. 한 지역에 국한된 값이 아니었다. 지구 전체의 기온이 그랬다. 한창 온기를 되찾고 있던 북반구 지구는 봄에서 다시 겨울로 돌아가 싸늘한 한기만을 내뿜고 있었다. 오, 세상에. 내일은 중력 붕괴 직전으로부터 20도나 낮아질 거라는 예보가 휴대폰 화면을 스쳤다. 이대로라면 지구에서 떨어져 낙오되기도 전에 얼어 죽을 것만 같았다.

차라리 그걸로 끝난다면 다행이었을지 모른다. 지구의 대기는 지구 중력에 의해 유지된다. 대기를 조성하는 분자 중 가장 가벼운 수소 분자가 먼저 우주로 버려졌다. 대기는 더 높이 흩어져 지표면의 기압이 낮아졌다. 다행히도 산소는 무거운 분자였으므로 호흡이 불가능해질 정도로 날아가진 않았지만, 어쨌든 대기 중 산소의 분압이 낮아짐에 따라 고산지대에서나 나타날 법한 저산소증이 평지에서도 나타났다. 호흡기가 약한 사람들은 호흡곤란을 호소하며 응급실로 실려 갔지만 산소호흡기를 달아주는 것 외에는 별다른 조치를 취할 수 없었다. 이 상황에 할 수 있는 일은 대증요법뿐이었다. 원인요법은 애당초 불가능한 일이었다.

모든 것을 품었던 중력은 이제 모든 것을 놓아주려 한다.

더 이상 태양 빛은 따스하지 않았으며 공기는 포근하지 않았고 지구는 안락하지 않았다.

멸망의 풍경은 잔인하도록 현실적이었다.

"야, 나 어제보다 2킬로그램이나 더 줄어들었어."

심각한 표정을 하고 다가온 과 동기가 말했다. 젠장, 어쩐지 오늘 일어났을 때 몸이 더 가볍더라. 그날 잃은 중력이 전부가 아니었다고? 더 많은 중력을 잃어가고 있다고? 이대로라면 지구는 골디락스존을 완벽히 벗어나 우주공간을 영영 유영하는 행성 아닌 행성이 될 터였다.

"망했어. 진짜 망했다고. 무슨 일이야 대체?"

내가 묻고 싶은 말이었다. 목 끝까지 올라오는 대상

없는 욕설을 간신히 삼켜내자 이유 모를 서러움이 울컥 올라왔다. 대체 왜. 이 모든 게 누군가의 장난이라면 지금이라도 늦지 않았으니 그만두었으면 했다.

"하. 아니. 씨이발, 진짜. 이게 뭐야."

결국 욕설을 내뱉고 말았다. 목소리는 울 것처럼 떨렸다. 아무것도 할 수 없는 멸망의 가속을 체험하기도 모자라 그 끝을 보게 생겼다니. 이런 걸 뼈저리게 알려고 물리학과에 온 것도 아닌데.

"이제 사람들도 떠오른대. 실종되고 난리도 아니야. 진짜 망했어."

어떡하냐 말하려다 마땅한 답이 없음을 빠르게 깨닫고 말을 삼켰다. 그대로 고개를 바닥에 처박고 주의를 돌리는 것밖엔 할 수 있는 게 없었다. 발에 힘을 주어 지면을 다시 밟았지만 충분한 무게감 없이 반발하는 느낌이 수면 속에서 발을 디딜 때와 같았다. 다른 점이 있다면 물의 저항이 느껴지지 않는다는 점 정도.

모든 것이 가벼웠다. 마치 무겁게 다뤄져야 할 것들이 가벼이 다뤄졌던 것처럼. 그 대가를 이행하듯.

열심히 호들갑을 떨던 동기는 어느새 잠잠했다. 주변은 수근거림으로 들썩였다. 이 모든 상황이 짜증 나고 거슬려서 소란의 근원을 찾기 위해 고개를 들었다. 잠잠했던 동기는 얼어붙은 표정으로 한곳을 멍하니 응시하고 있었다. 대체 뭐길래. 주변을 바라보자 사람들 역시 같은 곳을 바라보고 있었다. 하나같이 무언가에 압도된 듯한 눈빛으로 하늘의 어딘가를 바라보고 있어 그곳이 소란의 근원지임을 알아차릴 수 있었다. 나는 불안한 심정으로 그들을 따라 눈을 돌렸다.

노숙자로 보이는 허름한 차림의 사람이 공중에 떠올라 있었다.

다만 그 몸에는 조금의 움직임도 없었고, 얼굴에 생기라곤 전혀 남아 있지 않은 듯했다.

죽은 사람의 몸을 보는 건 처음이었다.

03/20 15:32

사방을 요란스레 밝히는 경찰차의 경광등, 어딘가 조심스러워진 사람들의 발걸음. 누군가 속을 게워내는 소리, 은연히 풍기는 토사물의 냄새, 잦아들지 않는 소란.

몇 발짝 밖에서 모든 상황을 지켜봤다. 모든 걸 이해할 수 없었다. 사람이 죽어서 공중으로 떠올랐는데, 아무도, 아무것도 못 했다. 경찰들조차 우왕좌왕했다. 상황은 처음부터 끝까지 혼란스러웠다. 어디든 비슷한 일이 수없이 일어나고 있으리라 예상했다. 사람뿐일까? 동물들에게도 분명 비슷한 일 정도는…… 망할.

노골적으로 변해가는 지구의 풍경이 낯설어 괴로웠

다. 외면하고 싶었지만, 이럴 때 먼저 희생되는 건 약자였다. 멸망은 이 사실을 가장 잔인한 형태로 인류에게 보여주고 있었다. 여기서 지금까지 뭐 했느냐고, 어차피 이렇게 쉽게 망가질 것들에 집착하다가 놓친 게 있지 않느냐고, 보다 못한 세계가 우리에게 분노하는 것 같았다. 마침 날아다니던 쓰레기통이 시신에 부딪혀 수많은 쓰레기를 하늘로 쏟아냈다. 분리수거되지 못한 스티로폼, 페트병, 휴지, 빨대, 회갈색의 내용물이 남은 플라스틱 잔 따위가 어지러이 공중을 유영했다. 몇몇은 땅으로 떨어졌다. 놀란 경찰들은 급하게 긴 막대기를 구해와 하늘의 시신을 끌어내려고 노력했지만 공중의 쓰레기를 더 헤집을 뿐이었다. 지켜보던 사람들은 비위가 상했는지 자리를 떠났다. 그들 중 몇몇은 떠오르는 제 몸을 바닥에 붙이려고 애쓰는 기색을 보이기도 했다.

나는 여전히 말없이 자리에 서서 그 풍경을 눈에 담았다. 묻어두고 있던 것들을 마주했다. 동기가 자리를 떠난 후에도 그저 가만히 있었다. 왜 그랬는지는 모르겠다. 그러고 싶었다. 좀더 그곳에 남아 있는 행위로 추모를 대신했다.

03/20 16:50

지구는 미련 없이 제 품에 있는 모든 것을 우주로 풀

어놓고 있었다. 그저 하릴없이, 맥없이 그대로 흘러가는데 저항하지 않았다. 이제 움직임은 자살행위나 다름없었다. 나는 발을 디디는 반작용이 몸을 하늘로 튕겨내지 않도록 바닥에 붙인 발끝에 잔뜩 힘을 주고 서서히 몸을 낮춰 무게중심을 아래로 향하게 했다. 허공을 휘젓기 시작하는 사람들 사이에서 눈을 질끈 감은 채 몸을 숙였다. 본격적인 멸망의 시작이라고 봐도 될 법한 풍경이 펼쳐지고 있었다. 순식간에 변해가는 풍경 속에서 스멀스멀 올라온 공포와 죄의식이 심장을 옥죄고 쥐어짰다.

그쯤 캠퍼스의 스피커로 갑작스러운 안내방송이 흘러나왔다. 지구가 나아가는 궤도에 무수한 소행성대가 존재한다는 정부의 긴급 통보였다. NASA를 비롯한 각국의 우주국과 국방부는 미사일을 통해 파편을 최대한 요격할 작정이라고 했지만 글쎄, 어차피 지구는 멸망으로 나아가는 데 의미가 있을 리가. 무용한 일이라는 건 본인들이 가장 잘 알고 있겠지만 대응하려는 의중은 헤아릴 수 있었다. 이런 식으로 멸망하고 싶진 않을 것이다. 어떻게든 지금의 멸망을 부정하고 싶겠지.

지구는 몇 분 단위로 점점 더 많은 중력을 잃어가고 있었다. 이대로라면 지구가 외우주에 버려질 거라는 결론을 쉽게 얻을 수 있었다. 아아, 인류가 수만 년간 쌓아올린 번영은 이토록 부질없는 것이었구나. 아무리 우리를 위해 이곳을 가꿔봤자, 지구 자체가 공허 속에 버려지고 만다면 그 정점에 선 인류조차 어찌할 도리가 없는 것이었다. 마천루를 쌓아 올리고, 서로 편을 갈라서 물어뜯고, 상대를 미워하고 무시하고 배척하면서 싸우는 일이 중요한 게 아니었다. 그조차 외면하며 비루한 몽상에 닿기 위해 수많은 산업을 발전시키기 바빴던 인류는 얼마나 미련했나. 이 모든 일이 인류의 업보일지 몰랐다. 그 업보를 우리 세대가 맞이하게 된 건 조금 억울했지만.

하늘에는 열 시간째 어스름한 황혼의 빛을 띠고 있었다. 그 풍경을 꾸미려는 듯 깨어진 유리창, 흩날리는 쓰레기통과 그 내용물들, 누군가의 신발, 옷가지, 토사물, 어설프게 떠오른 버스 정류장, 보도블록, 신호등 따위가 너저분히 공중을 유영했다. 멸망에 어울리는 괴이한 풍경이었다. 그 풍경에 이름 모를 새라도 날아간다면 더없이 아름다울 거라고 생각했지만, 그들은 멸망의 심각성을 일찌감치 알아채곤 어딘가로 떠난 후였다.

나는 체념하며 천천히 자리에서 일어섰다. 그러고 품속에 손을 뻗어 담배와 라이터를 꺼냈다. 돗대를 꺼내 불을 붙이는 순간 때늦은 이동을 시작하는 철새 무리가 우왕좌왕 하늘을 헤집으며 비상하는 것이 눈에 들어왔다. 새들은 직선으로 곧게 나아가지 못하고 인류의 잔해물을 피하기에 바빠 보였다. 그 궤적은 부질없이 손끝에서 흩어지고 마는 연기처럼 불규칙했다. 멸망의 순간마저 우리는 방해물에 불과했다.

마지막 순간에야 마주한 황홀경에, 이토록 아름다운 세상에, 결국 맞이하는 것이 씁쓸한 멸망이라니.

담배를 한 모금, 두 모금 피우자 머리가 개운해졌다. 생각 없이 주변을 돌며 옮긴 발끝에는 어느 순간부터 지면이 닿지 않고 있었다. 아차, 싶은 마음에 당황하여 우스꽝스럽게 몸을 허우적댔지만 아무런 도움이 되지 않았다. 주변에 잡을 만한 사물은 남아 있지 않았고, 손가락 끝에 닿아 있던 담배 한 개비마저 풍경의 일부가 되어 흩어지고 있을 뿐이었다.

비슷한 꼴로 떠오른 사람들이 난잡한 풍경에 스쳤다.

어떤 사람의 연속성

25

너도 알다시피, 나는 예전부터 지우개를 잘 주웠어. 책상에서 떨어진 지우개는 항상 이상하게 찾기 어려웠잖아. 나는 그런 걸 잘 찾아냈어. 남들 모르게 주워서 빼꼼 내밀곤 했지. 대놓고 주울 수는 없었거든. 지우개는 제4공간축으로 빠지곤 했으니까.

그러니까, 사람들이 4차원이라고 부르는 거 말이야. 나는 이 세상에 겹친 상위 차원을 볼 수 있었어. SF를 좋아했던 나는 나름대로 제4공간축이라는 이름을 붙였지. 꽤 멋있는 이름이라고 생각해.

SF는 왜 좋아했냐고? 그야 나 같은 황당한 능력을 가진 사람들이 아무렇지도 않게 활약하잖아. 이상하게 받아들여지지도 않고. 그러면서도 비현실적인 도구로 현실의 이야기를 하는 게 좋았어. 그들은 자신의 황당한 능력으로 세상을 멋지게 누비며 모순을 지적했거든. 나는 그런 작품 중에서도 해피엔딩이 좋았어. 내가 닿을 수 없을 거라 생각되는 영역이었으니까. 딱히 대단한 일을 할 수 있을 것 같지도 않았고, 나날이 버텨내는 게 고작

이었으니까.

물론 그건 너도 그랬고. 그래서 지금 편지를 쓰고 있는 거야. 전할 수 있을 거라 생각하기는 어렵지만.

*

유민을 처음 만난 것은 중학교 1학년의 어느 날이었다.

갓 중학교에 입학해 새로운 환경에 적응하는 것은 누군가에겐 참으로 버거운 일이다. 특히 내가 그랬다. 수업 시간마다 칠판에 집중하는 시간보단 쉬는 시간에 누구에게 어떤 얘기를 꺼내야 할지 고심하는 시간이 더 길었다. 그 나이대 아이들에게 교우 관계란 전부와도 같으니까. 특히나 나는 초등학교에서의 일을 반복하고 싶지 않았고, 집과 멀리 떨어진 학교로 진학하는 수고까지 거친 이상 더 큰 노력을 기울일 수밖에 없었다. 대부분의 기억에서 조용했고 앞으로도 그러할 학생. 그게 당시 내 목표였다.

그런 사람이 있는 반면, 어딜 가나 유난히 이목을 잡아끄는 애들도 있기 마련이다. 큰 노력 없이 가만히 있어도 먼저 친구들이 다가오는 아이들. 평온한 일상을 보내왔으며 궂은 경험은 하지 않았을 아이들. 자신감 넘치는 태도로 스스로를 증명하는 아이들. 거기에 공부도 잘하면서 성격도 좋은 아이들. 유민은 그중 한 명이었다. 반 친구 모두에게 아무 경계심 없이 살갑게 인사를 건네면서 임시 반장부터 정규 반장의 자리까지 어렵지 않게 따내는 그런 아이. 당연하게도 나와는 엮일 일이 없을 거라고 생각했다. 분명 그랬고, 그래야만 했다.

여느 과학 수업이 끝난 직후였다. 체육 수업을 앞두고 모두가 옷을 갈아입겠답시고 분주해지는 시간이었다. 종이 치는 소리와 동시에 교과서에서 손을 떼고 자리에서 일어난 다른 아이들과는 다르게, 유민은 종종 교과서와 펜을 오래도록 붙잡고 있다가 무언가 깨달은 듯 맑은 표정으로 뒤늦게 일어나곤 했다. 그날도 그랬다. 다만 다른 점이 있었다면 유민이 교과서에 급히 필기하다 실수를 했는지 지우개를 잡으려고 했다는 것이고, 생각하던 문제가 어려웠는지 시선을 교과서에 고정한 채 손을 뻗다 지우개를 책상 밑으로 떨어뜨리고 말았다는 점이었다.

손은 공허한데 고막엔 난데없는 낙하음이 들리니 당황했던 걸까. 유민은 뒤늦게 고개를 두리번거리며 지우개를 찾았지만 찾을 수 없었다. 유민의 지우개는 제4공간축에 떨어졌으니까. 초등학교 시절의 일이 겹쳐 보였던 나는 지우개를 곧장 주워줄 용기를 낼 수 없었다. 남들 앞에서 제4공간축에 접하는 일은 다시 하고 싶지 않았다. 혹시 모르니까. 꽤 별로였으니까.

그럼에도 새학기라는 시기에 대인 관계를 향한 간

절함은 어쩔 수 없었던 걸까. 1분이 채 지나기도 전에 내 머릿속은 '얘한테만, 얘한테 딱 한 번만, 마지막으로' 하는 충동에 사로잡히고 말았다. 나는 속으로 몇 번이나 마지막이라고 되뇌었다. 유민의 다정함이 내 돌발 행동을 합리화해주는 듯했다.

이윽고 교실 분위기를 살피다가 잽싸게 지우개를 주워 유민에게 건네주었다. 눈인사만 하고 소심하게 제자리로 돌아가려던 찰나, 옷깃을 붙잡은 것은 유민이었다. 주의를 끌기엔 충분했지만 그렇다고 마냥 우악스럽진 않은 손길이었다. 지우개를 보더니 눈이 휘둥그레진 유민은 나를 붙잡고 말문이 막힌 듯 짧은 시간 동안 얼어 있더니 말을 꺼냈다. 놀랐지만 작게 속삭이는 목소리로.

"너 마술사야? 니 손이 잠깐 사라지더니 지우개를 들고 왔잖아. 그거 내 건데, 어떻게 한 거야?"

이제야 말하는데, 그 사소한 조심스러움이 정말로 고마웠다. 나는 초등학교 2학년 때 그 시간 이후로 지우개를 '이상하게' 줍는 비밀을 남들에게 말하지 않겠노라 다짐했다. 정말 그랬는데, 유민의 그 순수함이, 살포시 옷깃을 잡는 다정함이, 호기롭게 반짝이면서도 이면이 묻어나지 않는 눈빛이, 특히 이런 비밀을 작은 목소리로 조심스럽게 물어보는 태도가 나의 경계를 누그러뜨렸다.

천운이 따른 것인지 실제로도 유민은 편견이 없는 사람이었다. 내 비밀에 대해 어떤 특별함을 부여하지 않았고, 평범하게 다양한 무언가의 하나로 여기며 대수롭지 않게 생각했다. “그럴 수도 있지. 그게 뭐?” 타인에게선 처음 듣는 말이었다.

유민은 그렇게나 좋아하던 과학 교과서를 뚫어지게 바라보다 끝내 보이는 그 맑은 표정을 내 앞에서 종종 보이곤 했다. 나는, 그 표정이, 살가움이 싫지 않았다. 유민도 내 능력에 대해 흥미는 보였지만 흥미를 가장한 무례는 보이지 않았다. 어쩌면 유민은 제4공간축이 이어준 최초이자 마지막 인연이라고 볼 수 있었다.

*

제4공간축에 떨어진 지우개를 남들 앞에서 줍지 않게 된 건 초등학생 시절 어느 날부터였어. 나는 누구나 그곳을 볼 수 있는 줄 알았거든. 그래서 아무도 신경 쓰지 않을 줄 알았는데, 아니었다는 걸 뼈저리게 깨닫게 된 날이었지. 2학년이 시작되는 봄이었어. 수학 수업을 듣고 있었는데 짝꿍이 지우개를 거칠게 쓰다가 모자란 악력 때문에 놓치고 만 거야. 책상을 데구루루 구르던 지우개는 바닥으로 떨어졌고. 콩 하는 소리가 들렸지만 짝꿍은 소리가 들린 쪽으로 고개를 돌려도 지우개를 찾을 수 없었어. 나도 개를 따라서 지우개를 찾기로 했지.

나는 어렵지 않게 짝꿍이 흘린 지우개를 발견할 수

있었지만 이상했어. 분명 같은 공간에 있는데 다른 세상에 있는 것처럼 보였거든. 형용할 수 없는 위화감이었어. 근데 고작 아홉 살짜리 꼬마애가 그런 걸 대수롭게 여겼겠어? 나는 의자를 살짝 뒤로 빼고 몸을 숙여 제4공간의 지우개를 향해 손을 뻗었어. 책상다리 근처라 어렵지 않게 닿을 수 있었지.

근데, 근데 말이야. 그때 짝꿍이 별안간 소리를 지르는 거야. 수업 도중이었는데도 어렵지 않게 선생님을 비롯한 반 전체의 시선이 내 쪽으로 쏠렸지. 나는 어리둥절한 상태로 지우개를 줍고 다시 바른 자세로 고쳐 앉았어. 짝꿍에게 건넬 때를 놓친 지우개를 꼭 쥔 채로. 시선이 쏠리자 짝꿍이 겁먹은 듯한 표정으로 울먹이며 말했지. 얘 손 잘렸었어요, 라고.

그러니까, 제4공간축을 못 보는 아이들은 내 움직임이 연속적으로 보이지 않았던 거야. 상위 차원을 이용하면 우리 시공간에 불연속을 보일 수 있다더라고. 4차원을 보지 못하니까 3차원에 남은 내 몸뚱이만 보곤 잘렸다고 말했던 거지. 그렇지만 짝꿍이 잘렸다고 말하는 내 손은 이제 3차원의 공간에 멀쩡히 존재하고 있었어. 짝꿍에게 줄 지우개를 꼭 쥔 채로. 진짜였다며 억지를 부리는 짝꿍을 달래기 위해 수업은 중단될 수밖에 없었고, 쉬는 시간에는 개를 필두로 한 어떤 그룹이 형성되었어. 그리고 걔네들의 관심은 빠르게 내게로 향했지. 괴물이라는 호칭의 형태로 말이야.

학기 초에 선생님께서 우리 반에는 어떤 증후군이 있는 친구가 있으니 '정상적으로 지낼 수 있도록 특별히' 배려해달라는 지도를 한 이후로, 미숙했던 아이들에게 증후군의 뜻은 그러한 '특별'이 되었어. '정상'의 반의어가 된 거지. 나를 향한 특별함 역시 내게 붙여진 4차원 증후군이란 이름으로 잘 알 수 있었고. 이런 걸 보면 사람들에게 질병이나 장애의 이름은 참 가벼운가 봐. 2020년에도 '확찐자'* 같은 단어가 돌아다녔잖아?

어쨌든, 너도 알다시피 혐오와 기피는 대상에게 이름이 붙는 것부터 시작돼. 자신들이 생각하는 정상과는 다른 것이라 분류하면서. 그런 이유야. 이건 처음 듣지? 별로 생각하고 싶지 않았거든. 그땐 내 성격이 포악해서 어떻게 잘 넘어가긴 했는데, 그 뒤로 남들 앞에서 지우개를 주운 적은 없었어. 그래서 중학교도 초등학교랑은 멀리 떨어진 곳으로 왔던 거야. 맨날 집이 멀다며 푸념하곤 했는데.

그래서 그날도 그냥 무시하려고 했어. 주워주더라도 숨기려고 했지. 그랬는데…… 너는 뭔가 달랐어. 놀라

---

* '살이 확 찐 자'라는 뜻. 어원은 (감염병의) 확진자. 코로나-19로 인한 2020년의 전 세계적 팬데믹 상황에서 활동량이 감소해 체중이 늘어난 사람들을 지칭하는 신조어이며, 종종 '옷이 작아 격리(자가격리) 중'이라는 말과 함께 쓰였다.

는 표정으로 어떻게 주웠냐 물으며 빛나는 눈빛에, 악의가 보이지 않았어.

*

유민은 특히 물리를 좋아했다. 또래의 취향으로선 꽤 드문 것이었고, 그 또래에는 나 역시도 포함되었다. 내 취향은 화학이나 생명과학에 더 가까워 툭하면 서로를 별것도 아닌 걸로 타박하곤 했다.

"그게 어떻게 재밌어? 맨날 계산만 하잖아."

"그러니까 재밌는 거지. 세상이 수학적으로 딱딱 맞아떨어진다는 게 재밌잖아. 수의 체계는 사람들이 세운 건데, 자연을 설명할 수 있다는 게 재밌지 않아?"

"별로. 고작 100개도 안 되는 원소가 세상을 이루는 전부라는 게 더 재밌어."

우리는 제4공간축이라는 과학의 작은 관심사만을 공유했다. 나는 차원이니 숫자니 하는 것에 넌더리가 나서 무의식적으로 물리를 싫어했지만, 유민이 제4공간축에 대한 가벼운 가설을 던질 때면 주의를 기울이곤 했다.

"혹시 모르지. 만약 무언가의 시간이 멈춘 것처럼 보인다면, 상위 차원에서는 아닐지도?"

어차피 중학생이 알 수 있는 과학 상식으로는 그 엄밀함에 분명한 한계가 있었지만 아무래도 좋았다. 우리가 같은 관심사로 같은 주제의 대화를 나눌 수 있다는 점이. 공부니 성적이니 하는 것보다는 훨씬 나았다. 아마 유민이 차원물리학에 관심을 가진 것도 이쯤이었을 것이다. 유민은 일찍이 과학고등학교 입시를 준비했다. 하지만 도시와는 거리가 있는 동네여서 그랬던 걸까, 유민은 중학교 3학년 가을에 면접조차 보지 못하고 인생 첫 실패라고 불릴 만한 경험을 했다. 내가 본 사람 중 가장 과학에 열정적인 사람이었는데. 그런 학교는 누가 가는 건지 궁금해지기도 했다.

"괜찮아. 이참에 너랑 같은 고등학교 가버리지 뭐."

그렇게 말한 유민은 정말 나와 같은 고등학교에 진학했고 우리는 3년을 더 동고동락하게 되었다. 대입을 준비하던 시절에 우리는 이미 6년지기 친구였다. 유민은 끝내 차원물리학에 깊은 관심을 가지고 물리학과에 진학했고, 나는 처참한 수능 성적에 재수를 고민하다가 진학을 포기했다. 대학에 가지 않는다고 큰일이 날 것 같지는 않았다. 처음 결정을 내렸을 때 부모님은 반대하셨지만, 시간이 지나자 더는 만류하지 않았다. 대신 취직할 자리를 알아보았다. 틈틈이 공부하며 따둔 컴활 자격증이 도움이 되었고, 혹시 몰라 따둔 공인 어학 성적이 의외로 잘 먹혔는지 머잖아 작은 학원의 사무 보조로 일할 수 있었다.

그렇게 학창 시절의 생기는 온데간데없이 반복되는 하루에 가끔 유민의 연락이 끼어오는 일상이 시작되었다. 우리는 꽤 다른 길을 선택했음에도 계속해서 연을 이어나갔고, 유민은 방학마다 나를 보러 놀러 와 전공 공부가 너무 어렵다며 하소연했다. 그렇게 몇 번의 사계가 지났을까. 유민은 차원물리학을 연구하기 위해 대학원에 진학하게 되었다. 그게 나 때문이란 걸 어렴풋이 알 수 있었기에, 재난이 발생하고 나선 유민을 말리지 못한 것을 깊이 후회했다.

*

너는 우수한 학생이었으니까 유학을 갈 줄 알았어. 세계 유수의 대학이 너를 원했다고 말했잖아. 그렇지만 너는 어느 지방의 대학원에 진학했어. 내 앞에서 더없이 서럽게 울고 난 날로부터 몇 개월쯤 뒤에 말이야. 너는 차원물리학 연구단이 있는 곳으로 향했지. 국내 유일의 차원실험연구소가 있는 곳으로. 내가 있는 곳에서는 먼 곳이었고, 쉽게 찾아갈 엄두조차 나지 않는 곳이었어. 그땐 언젠가 놀러 갈게, 하고 말했지만 거짓말에 가까웠어. 그땐 아무렇지도 않은 척 흔한 인사로 너를 배웅했지만 그러지 말 걸 그랬지.

이런 일이 발생할 줄 누가 알았을까? 네가 자리 잡은 곳의 시간이 통째로 얼어붙는 일이 발생할 줄 알았다면, 차라리 너를 붙잡을 걸 그랬나 봐. 시간은 왜 일방적인 걸까? 돌이킬 수 없는 걸까? 그러면서도 연속되는 시간은 고통을 늘어지게 만들어.

차라리 불연속적이었다면 좋았을 텐데. 하루하루를 끊임없이 느끼지 않아도 됐을 텐데. 1분 1초마다 먹먹함을 한 톨씩 톺아가는 경험도 안 했을 텐데. 후회해도 무엇 하나 바뀌지 않는다 생각하면서도 이렇게 후회를 써 내려가는 일도 하지 않았을 텐데.

닫힌 시간에 격리된 너를 이렇게 그리워하지 않아도 됐을 텐데.

*

시간이 얼어붙어 배제된 공간을 본 적이 있는가?

그곳은 고요했다고들 말한다. 그곳은 세상의 모든 것들이 시간에 종속된 존재였음을 적나라하게 증명했다고들 말한다. 그 재난은 순간이었고, 불가침이었다. 재난은 자신에게 향하는 모든 삶의 형태 자체를 강탈했다. 그곳엔 삶이 존재하지 않았다.

시간은 삶의 증명이었다. 사람을 만나고, 소통하고, 대화하며, 감정을 나누고, 함께 일하고, 여가를 누리고, 여유를 느끼며, 숨을 들이마시고, 내쉬고, 계절이 바뀌고, 꽃이 피고 지며, 세상과 사람이 이어지는 모든 순간은 시간과 함께였다. 즉 시간이 삶을 보장했으므로 그렇지 못한 존재들은 죽은 것과 같았다. 재난은 살아 있는 것이 살아 있지 않는 듯, 존재하는 것이 존재하지 않는 듯 만들었으며 그들의 모든 것들을 불연속의 공간으로 격리했다. 마땅히 흘러야 할 것이 흐르지 않는 모습은 존재라는 개념과 유리되었다.

유민은 그곳에 있었다. 얼어붙은 시간에 함께 격리된 채로. 유민의 삶은 그날 아침의 마지막 연락으로부터 더는 이어지지 않았으며 이어질 수도 없었다. 시간이 좀먹힌 그곳 어딘가에 하필 차원실험연구소가 있었을 뿐이고, 유민이 하필 그곳에 있었을 뿐이다. 단순한 우연으로 치부하기엔 지독하게 잔인한 처사였다. 재난의 몸집으로 추측한 바로는 산 것도 죽은 것도 아닌 채로 시간에 갇힌 이들이 수십만 명으로 추측됐다. 그곳에 유민이 있는 게 분명했지만 공간적인 성질이 아닌 다른 상태가 어떻다고는 말할 수가 없었다. 상태의 변화는 시간의 흐름에 따르므로, 무사하느니 어떻느니 하는 것도 결국 시간이 흘러야 알 수 있는 것이었다.

아무도 그곳에 가지 않으려고 했다. 그 무엇도 재난 속에서 시간을 허용받을 수 없었다. 모든 것이 평등하게 시간을 빼앗기고 고요하게 정지한 곳이 재난의 내부였다. 재난은 동시에 다른 이들을 압박했다. 시간이 멈춘 재난 앞에선 시간을 가진 이들도 같은 것을 빼앗긴 듯 정지해 있을 수밖에 없으니까.

*

내가 상위 차원을 보지 못했다면, 그날 지우개를 주워주지 않았다면, 제4공간축을 볼 수 있다고 얘기하지 않았다면 네가 나와 친해질 일은 없었을 텐데. 네가 차원 물리학에 관심을 갖고 연구하려 들지도 않았을 텐데. 그곳으로 향하지도 않았을 텐데. 재난에 휘말리지도 않았을 텐데. 모든 게 내 탓 같았어. 그럴 수밖에 없었어. 그런 것밖에 생각나지 않았고 다른 건 알 수도 없었거든. 그리고 제4공간축이라는 겹친 차원을 원망했어. 그게 나한테만 보인다는 사실을 원망했어. 겹친 차원을 보는 나를 원망했어.

우울했지.

가슴 깊은 곳에서부터 먹이 피어올라서 발끝까지 짙고 탁한 검은빛에 먹히는 느낌이었어. 살아남으려고 발악해봐도, 말라붙어 고여버린 웅덩이에 축축이 잠긴 나뭇잎 같았어. 얕은 일렁임에 휩쓸리는 듯 잠깐 움직여 뜨다가도, 힘이 부족해 다시 가라앉는 모습처럼. 그리고 알게 됐어. 바깥에서는 웅덩이의 깊이가 대단하지 않아 보일지라도, 나뭇잎에게는 어마하게 깊다는 것을.

*

재난 지역은 곧 통제구역으로 지정되었으나 그곳은 이미 통제된 것과 마찬가지였다. 소중한 사람이 그곳에 있는 극히 소수의 사람들을 제외하면 아무도 그곳으로 가길 원하지 않았으니까. 그들 역시 그곳에 간다고 한들 재난 앞에서 아무것도 할 수 없었을 테니까. 모두가 재난의 경계에서 압도적인 두려움에 의지를 잃었고, 덕분인지 통제는 강제성을 동원하지 않고도 수월하게 이뤄졌다.

정부의 행정명령으로 재난 지역으로 향하는 모든 대중교통 운행이 중단되었다. 전례 없는 사태에 그 누구도 그곳에 갈 의지가 없었으므로 명령에 큰 의미는 없었다. 모든 육로가 차단되지도 않았다. 인근의 주민들이 빠져나가기 위해선 완전히 막아버릴 수도 없었다. 이에 통제 범위를 넓혀야 한다는 의견이 분분했다. 아예 봉쇄해야 한다는 의견도 있었다. 그렇게 무시되는 것은 재난의 근방에 살고 있다는 이유로 함께 통제 명령을 받은 이들의 존재였다. 여유가 되는 이들은 떠났지만, 어쩔 수 없이 남아 있는 이들이 태반이었다. 그들의 시간은 건재했음에도 시간을 빼앗긴 이들과 함께 같은 무리로 취급되며 사회적으로 함께 격리되고 고립되었다. 몰상식한 몇몇은 재난 지역 인근 주민도 재난민이라는 이름으로 싸잡아 부르며 싹 다 재난 속으로 집어넣어야 한다고 소리 높여 말하기도 했다.

비슷한 발언이 지지를 얻는 세태에 진절머리가 났

다. 혐오의 시작은 이름을 붙여 분류하는 것이었으므로, 재난민이라는 이름이 보이기 시작한 이상 재난이 시작된 지역에 대한 혐오는 자정작용을 잃어버렸다. 언젠가 사태가 끝나더라도 사람들의 기억에 남아 "아, 거기" 하며 멈칫하겠지. 재난이 서울을 덮쳤어도 같은 꼴이 났을까? 아닐 것이다.

재난에 의해 시간이 정지한 도시는 모든 기능이 정지됐다. 자립 가능한 도시 기능 대부분이 자동화되었다 한들 시간이 흐르지 않는다면 무용지물이었다. 통신 마비가 그 시작이었으며 기본적인 전자상거래, 송전, 수력 발전 등 여러 자원의 순환이 막혔다. 재난이 덮친 공간 자체의 시간이 마비됨에 따라 주변의 기상에도 이상 현상이 발생했다. 흐름으로부터 가로막힌 공간이 보이지 않는 형태로 대기의 불안정을 초래해 재난 지역과 그 주변에는 국지성 폭우가 내렸다.

다만 재난의 중심지에는 비가 내리지 못했다. 시간이라는 우산을 쓰고 가로막힌 공간에 빗물은 침투하지 못하고 그저 경계면에서 돔의 형상을 이루며 정지할 뿐이었다. 세상의 관심이 재난으로부터 얼마나 멀어지든 간에, 태양의 자취가 개나리에 스미기 시작할 때조차 그곳은 늦겨울의 초연한 모습으로 멈춘 시간에 붙잡혀 있었다.

내일로 같이 가자고 했잖아.

피상적으로 떠오른 생각을 뜰채로 뜨듯 낮은 음성으로 내뱉었다. 낮잠에서 깬 지 얼마 지나지 않은 시간이었다. 침대에서 옅은 수면감에 부유하며, 깬 건지 자는 건지 모를 상태였다. 하릴없이 내리는 빗물이 만물에 부딪혀 불규칙하고도 탁한 화음을 만들어냈다. 작은 소리가 얇은 콘크리트 벽을 뚫고 울리며 툭, 툭 고막을 건드렸다. 제4공간축으로 지우개가 떨어지는 것처럼. 툭 툭 투둑. 벽을 타고 낮게 울리는 소리는 점차 둔해지더니 머지않아 진동의 형태로 변화했다. 진원은 휴대폰이었다.

별안간 울리는 진동에 정신이 들자마자 요란한 경고음이 귀를 찢을 기세로 방을 울렸다. 구름 사이로 어슷한 해가 창문으로 겨우 들어와 비치는 어슴푸레한 자취방에서 신경질적으로 손을 뻗었다. 몇 차례 더듬거리고 나서야 휴대폰을 집을 수 있었다. 손에 잡히는 감각만으로 앞뒷면을 더듬어 지문 인식으로 잠금을 해제하고 눈앞으로 화면을 끌어왔다. 긴급 재난 문자가 창백한 화면을 빛내고 있었다.

[중대본] 13시 이후 지역 전체로 긴급 재난 지역 확대 및 접근 금지. 정부 통제에 따라주시길 바랍니다.

며칠 동안 재난에 대한 이야기만 이어졌기 때문인지, 재난이 덮친 곳은 그곳뿐이어선지 그날 이후로 이어지는 안내 문자는 종종 지역의 이름이 빠진 채였다. 시간이 정지하는 재난 같은 게 이전에 있었을 리가 없겠지. 때문에 '재난'이 가리키는 것이 무엇인지는 자명했고 타당했다. 재난은 이미 그 지역의 이름이 된 지 오래였다.

비슷한 내용의 재난 문자 여러 뭉치를 훑은 후 팔에 힘을 뺀 채 휴대폰을 거칠게 던져놓았다. 그 궤적에 책상에서 정리되지 못하고 튀어나온 펜이 떨어진 듯, 플라스틱 막대가 맑고 개운하게 바닥을 구르는 소리가 들려왔다. 펜이 구를 일이 있었나. 아, 맞다. 낮에 편지를 쓰다가 그만뒀지. 피곤함과 귀찮음에 신음하며 몸을 일으켰다. 잡동사니 없이 먼지만 쌓인 바닥이라 쉽게 찾을 줄 알았건만, 바닥에 떨어지는 물체는 늘 기묘한 동선을 만들기 마련이다. 그리고 종종 기묘한 각도로 서 있기도 했다.

펜이 떨어진 제4공간축으로 손을 뻗으니 초등학생 시절의 쓸데없는 기억이 떠올랐다. 내 손이 잘렸다며 비명을 질렀던 그 친구는 뭐 하고 있으려나. 살면서 그렇게 큰 호들갑을 못 봤는데. 제4공간축을 볼 수 없는 사람들은 또 어떨까. 4차원에선 유려한 연속의 선을 그리는 이 세상을 불연속적으로 관측한다면 어떤 느낌일까. 어차피 세상은 3차원에서도 꽤 완벽히 작동하고 있지만 말이다. 그들에게는 상위 차원을 이용하는 행위가 시공간에 불연속을 초래하는 행위로 보일 것이다, 내게는 그게 더 없이 연속적인 행위인데도. 마치 내가 지우개를 주울 때마다 손이 잘려 보였던 것처럼. 무언가가 갑자기 사라지고, 시간차를 두고 나타날 수 있겠지. 상위의 시간축을 이용한다면 과거, 현재, 미래의 구분이 의미 없어지고 시간의 일방성은 깨지겠지. 차원에 대한 생각은 대체로 유민과 나눴던 대화와 맥락을 같이했다.

그리고 이런 것들은 관심 없다면 굳이 찾아보지도 않을 것들에 불과하니, 다른 사람들은 별 불편함도 없이 살아갈 것이다. 불편은 앎으로부터 시작되니까.

그러니 이 모든 생각은 결국 부질없겠지.

어느덧 펜을 쥔 내 손은 3차원 공간에 존재하고 있었다. 상위 차원의 개입으로 발생하는, 다른 사람들이 불연속이라 부르는 것이라곤 하나 없이.

생각이 깊어지니 언젠가 유민이 차원에 대한 이야기를 해줬던 게 떠올랐다. 내용을 기억할 수는 없었지만 어쩐지 눈앞에 선연한 유민의 모습과 목소리에만 집중하게 되어 더욱 서글퍼졌다. 그저 보고 싶었다. 재난의 코앞까지 다가가서 함께 시간이 멈춘다 해도 괜찮을 것 같았다. 어느새 시큰해진 콧잔등을 문지르며 손에 쥔 펜을 바라보았다. 편지를 쓰기 위해 들었던 펜이었다.

편지. 그걸 쓰기 시작했던 이유. 뻔하다. 하고 싶은 말이 있었다. 나누고 싶은 말이 있었다. 유민에게 전하고 싶었으나 전하지 못한 말이 너무 많았다. 당장 적어내지 않는다면 세상에서 흔적조차 없이 영영 사라질 것만 같았다. 그게 내용이었는지 대상이었는지 흐릿하지만.

나는 수면(睡眠)의 수면(水綿)을 짚고 일어나, 다시 책상 앞에 자세를 고쳐 앉았다.

*

그때 기억나? 고3 때 말이야. 수능 이틀 전에 내가 엄청 울면서 너한테 전화했던 날에. 전화를 받자마자 소스라치게 놀라더니 스피커 너머에선 도어록 열리는 소리가 들렸고, 이내는 버스 카드를 찍는 소리, 다음 정류장을 알리는 소리, 하차하는 문이 열리는 소리, 급하게 뛰는 소리가 이어지더니 나를 불렀잖아. 스피커 너머에서, 휴대폰 너머에서. 같은 공간에서 직접 와닿는 그 소리로.

너는 그저 내일만 같이 가자고, 같이 보자고 했어. 내일이 오면 또 내일. 또다시 내일이 오면 다시 내일을. 하루에 한 걸음씩 나아가면서 내일로 가자고 했어. 내일이 모이다 보면 언젠가 현재를 살게 될 거고, 그토록 바라던 내일들은 어제 같은 과거가 될 거라고. 조금의 시간만 바라보자고. 결국 시간이 흐르면 괜찮을 거라는 진부한 말이었지만 그게 뭐라고 내일을 바라게 되더라. 그저 하루였어. 하루만. 내일도 하루만. 내일만을 걷다 보면 언젠가는. 그렇게 내일이 이어지다 오늘을 깨닫게 되겠지 하며. 덕분에 나는 이제야 오늘을 살게 되었는데, 너는 과거에 갇혀 있네.

슬슬 편지를 쓰게 된 이유를 풀어야 할 것 같아. 사실은 오늘 낮에 너를 멈추게 한 재난에 대한 새로운 사실이 밝혀졌어. 그래서 네게 닿을지조차 불분명한 이 편지를 쓰게 된 거야.

네가 있던 연구소의 사고였다고 하더라. 차원실험 연구소 있잖아. 그곳에서 재난이 시작됐대. 실험 챔버의 손상으로 재난이 번져나갔대. 그리고 집어삼켰대. 실수였대. 시작점이라는 건 중요하지 않았어. 그 시작이 실수였다는 게 더 중요했거든. 재난이라 불릴 정도로 커다란 대형 사고가 인재였던 거야.

하인리히의 법칙을 알아? 한 번의 사망 사고 발생은 부상자가 발생할 만한 사고 스물아홉 건이 방치되고, 자잘하고 무시할 수 있을 법한 문제가 300건 묵인될 때 발생한대. 모두가 아는 사실이잖아. 그렇게 커다란 인재는 작은 실수 하나만으로 발생하지 않는다는 걸. 중요한 것들을 사소하게 여기는 안일함이 쌓이고 부풀어서 때가 맞는 실수에 맞물려 터지는 거야. 결과를 알면서도 눈 가리고 만든 폭탄 같은 거라고.

갑자기 수척함이 느껴질 정도로 가라앉아 있던 네

목소리가 기억났어. 분명 좋아하는 일을 하고 있을 텐데도 기대보다는 회의에 가까운 네 표정을 기억했어. 줄곧 들어가지 않던 SNS에 들어가서 네 계정을 찾았어. 프로필 미리보기에 연구실 인원들의 단체 사진이 보였고, 배경은 어딘가의 열악함을 조용히 알리고 있었어. 징조였지. 스크롤을 내리니 새벽녘에 작성된 말들이 가득했어. 피곤하다는 말이 맥락의 주를 이뤘어. 행간을 몇 번이나 되짚고는 깨달았지.

너무 뒤늦게 알았더라. 너는 그 재난 이전에도 너의 시간이 없었다는 걸. 너의 삶이 존재하지 않았다는 걸.

*

아른거리는 생각에 집중했다. 문자도, 메일도 전부 훑었지만 부족했다. 쏟아지는 최근의 기사들은 뻔한 이야기뿐이었다. 어딘가에 남아 있을, 내가 보지 못한 흔적을 찾아내기 위해 검색 설정을 오래된 순으로 바꿔 재검색했다. 차원실험연구소의 출범부터 모든 기사의 작성 시간과 미리보기에 스치는 짧은 내용을 톺았다. 몇십 개의 기사를 지나니 유민이 합류한 시기에 도달했다. 그 시기의 것부터 시작해서 재난의 직전까지 작성된 모든 기사를 읽을 작정이었다. 인터뷰 기사 몇 개에서 모르는 사람들의 이름을 한참 지나쳤을 즈음, 한 기사에서 유민의 이름을 발견할 수 있었다. 직원 몇 명을 모아 차원실험 연구소를 소개하는 형식의 인터뷰였다.

— 차원실험연구소는 여러 연구가 진행되는 곳으로 알고 있는데요, 각자 어떤 연구를 하고 계시나요?

— 제가 소속된 곳에서는 상위 차원을 임의로 구현하는 연구를 하고 있어요. 우리 차원에서는 불연속적으로 보이는 게 상위 차원에서는 연속적으로 보일 수 있거든요. 가령 2차원의 면밖에 인식할 수 없는 개미가 있다면, 그 개미는 높이의 개념을 이해하지 못하겠죠. 그때 '높이'를 이용해 개미 앞에 있는 다른 물체를 들었다가 내려놓으면, 개미의 입장에서는 그 물체가 순간 사라졌다가 나타난 것처럼 보일 거예요. 불연속적으로 보이는 거죠. 그런 현상들을 연속적으로 관측하는 연구를 하고 있어요.

유민이 내게 차원에 대한 이야기를 해줬던 것이 어렴풋이 기억나기 시작했다. 필시 이어지는 문장은 이미 들었던 것이라고, 이미 알고 있는 것이라고 몇 개의 단어가 인식의 저변에 들어오며 속삭였다.

— 최근에는 어떤 실험을 하고 있나요?

— 거대 챔버를 이용해서 그곳에 국소적인 상위 차원을 구현하는 거예요. 최근에는 상위 차원을 이용해 시간을

정지시키는 실험을 시도 중이에요.

사진에 찍힌 유민의 얼굴엔 학창 시절의 순수함이 묻어났다. 나는 눈을 끔뻑 감은 채 고개를 떨궈 깊은 숨을 내쉴 수밖에 없었다. 어떤 사건의 과거는 너무나 천진해서 마주하기가 힘들었다. 그땐 이렇게 될 줄 몰랐을까. 정말로 몰랐을까. 챔버는 시간의 관성을 비좁은 공간에 묶어놓기에 너무나 노후한 상태였다. 결국 폭발했으며 소멸하지 못한 채 일대를 집어삼켰다. 그것이 재난의 정체였다. 복잡한 감정을 꾹 눌러 참으며 다시 고개를 들어 기사를 읽어나갔다. 다른 이들의 답변은 뇌리를 스칠 뿐 내용이 들어오질 않았다.

다만 이상하게도 기사를 읽어나갈수록, 유민의 답변을 들을수록 나는 기시감에 사로잡혔다. 우리가 예전부터 질리도록 생각했던 것들, 내가 보는 상위 차원에 대한 것들을 유민이 말하고 있었다. 언젠가 내게 해주었던 말들과 단순 추측으로만 생각했으나 사실로 밝혀진 것들이 열거되었다. 문장의 가닥 한 올 한 올이 과거의 기억을 꿰고 엮어냈다. 마지막 가닥은 이내 시침질이 끝났음을 알리며 마저 기워야 할 천을 내게 건네는 듯 느껴졌다. 형태는 잡혔지만 아직은 조잡해서 누군가가 손수 나서야 하는 천을, 나는 받아들며 그 뜻을 바라봤다. 그리고 이해했다.

— 혹시 모르죠. 만약 무언가의 시간이 멈춘 것처럼 보인다면, 상위 차원에서는 아닐지도.

뒤통수를 세게 맞은 듯 멍해졌다. 생각을 담당하는 곳의 시간이 멎은 느낌이었다. 심장이 빠르게 뛰며 감정이 고조되는 걸 느꼈다. 예전에 분명히 들었던, 완전히 똑같은 이야기.

쓰다 만 편지와 지갑, 휴대폰만을 급히 챙겼다. 늦겨울, 어쩌면 초봄에 가까울 날씨로 나아가려 얇은 코트만을 반만 걸친 채 무작정 밖으로 뛰쳐나갔다. 다소 충동적일지 모르겠으나 그런 건 중요치 않았다. 친척에게 무작정 전화를 걸었다. 차 좀 빌릴 수 있을까요? 어디 가냐고요? 아, 재난이요. 괜찮아요. 만나야 하는 사람이 있어요. 만날 수 있을 거예요.

*

뒤늦게 너를 좇았어. 너의 행적을 좇았어. 예전 일도 생각나더라. 우리가 제4공간축이라는 작은 관심사에서, 앎으로써 구속되지 않은, 지식이란 한계를 모를 시절의 자유로써 펼쳐놓았던 수많은 이야기가 스치더라. 중학생 때 있잖아. 우리 둘 다 뭣도 아니던 시절. 그래서 편했던 시절. 그때 말한 이야기들은 모두 잊고 살았다고 생각했어. 너도 잊었을 거라 생각했는데, 어떤 인터뷰 기사에서 네가 말하더라고. 분명히 들어본 적 있는 말이었어. 어딘가의 시간이 멈춘 것처럼 보인다면 상위 차원에서는 아닐 수도 있다는 거.

너는 아직도 그날의 가설들을 증명하고 있었어. 기억하고 있었지. 나와 얘기한 제4공간축을. 나는 왜 잊은 듯이 살았을까. 너는 언제나 기억하고 있었는데. 먼저 내게 연락하는 건 언제나 너였는데. 항상 나를 찾아오는 건 너였는데. 그날 아침의 연락도 네가 먼저였는데.

*

실낱같을지라도 가능성이 존재한다면 고개를 돌려 바라보고 마는 것이 사람이었다. 아무리 우리가 자기 좋을 대로 정보를 왜곡해서 알아듣는 존재라지만, 그것이 누군가를 희망으로 이끌 수 있다면 걸음을 내디딜 수밖에 없지 않을까. 특히 그 누군가라는 범주에 자신보다도 소중한 사람이 포함된다면.

짧지 않은 실랑이 끝에 친척에게 차를 빌려 도로를 달렸다. 사실 키를 빼앗다시피 했지만 조금이라도 머뭇거리고 싶지 않았다. 내비게이션에 재난의 중심지를 입력해 국도를 빠져나와 고속도로로 향했다. 분기점을 지나칠 때마다 도로는 점점 한산해져갔다. 옳은 방향으로 향하고 있다는 지표였다. 재난으로, 그곳으로.

유민에게 보내는 편지. 할 말이 많아 아직 완결 짓지 못한 그 편지가 나침반 같았다. 그곳으로 향해야 한다며 길을 안내해주는 것 같았다. 전해줄 수 있을 거라고 문득 근거 없는 희망을 느꼈을지도 모르겠다. 재난에 다가서면…… 다가서서…… 어떻게든 되겠지. 할 수 있을 거라고 다독였다. 일단은 그곳으로 향해야 했다. 이번에는 내가 먼저 찾아갈 차례였다. 더 늦기 전에.

줄곧 멀다고 생각했던 것은 심리적인 거리감에 불과했던 것 같았다. 진작에 찾아오지 못한 것을 후회할 정도로 재난에는 빠르게 도달할 수 있었다. 도로가 한산했기 때문인지 하나의 목표에 집중했기 때문인지는 모르겠지만, 오랜 시간이 지나지 않아 내 눈앞에 빗물이 이룬 재난의 경계가 펼쳐져 있음은 확실했다. 그리고,

시간이 얼어붙어 배제된 공간은 끔찍했다.

사람들이 재난의 경계에서 더욱 절망하며 돌아갔다는 이유를 알 것 같았다. 알 것 같은 정도가 아니었다. 아무것도 모르는 사람들이 이렇게나 뚜렷하게 멈춰 있는데 그러지 않을 수가. 그저 걸어가다가, 함께 뛰놀다가, 커피를 마시거나, 하늘을 보거나, 공을 차다가, 옷깃을 여미다가, 사진을 찍다가, 휴대폰을 줍다가. 아이고 노인이고 할 것 없이, 날아가는 새들마저. 그저 일상이랄 것

들이 정지해 있었다. 사진 따위랑은 비교도 안 될 정도로. 잔인하도록 투명하고 여과 없이. 앞에 서 있다 한들 아무것도 못 한다는 걸 더 뼈저리게 알게 될 정도로.

거대한 절망을 품은 경계 앞에서 나는 위축될 수밖에 없었다. 그 공포는 사람을 겸허하게 만들었다. 상황을 받아들이는 게 편할 거라고 그 내부의 상으로 설득했다.

나는 주먹을 쥐었다. 두려움이 아닌 부끄러움으로 억세게 쥐었다. 항상 그래왔을지라도, 여기까지 와서 가만히 머무르며 바라는 것들이 내게로 오기만을 기다릴 수는 없었다. 더는 어쩔 수 없다며 순응하고 싶지 않았다.

나는 조수석에 던져둔 편지를 다시 펼쳐 펜을 들었다. 이곳에서 유민에게 보내는 편지는 완결될 것이다. 내 인생도 곧 완결될지 모르겠다. 그렇게 생각하니 남은 이야기를 모두 털어낼 수 있었다. 편지는 전해져야만 할 것이다. 차의 시동을 끈 다음 편지를 들고 바깥으로 나와 눈을 감았다. 강하게 질끈 감으며 생각했다.

이젠 아쉬울 것도 없어. 될 대로 되라지.

나는 속으로 10초를 센 다음, 눈을 감은 채 재난 속으로 뜀박질했다.

*

그리고 이거도 생각났어. "만약 시간이 정지한 곳에

내가 관여하면 어떻게 될까?" 네가 대학을 졸업할 즈음, 내가 별생각 없이 내뱉었던 말일 거야. 가볍게 떠본 말이었지만 너는 진지하게 생각하고 답해줬지. "때에 따라서는, 시간이 다시 흐르지 않을까?" 직후에 너는 덧붙였어. 그 경우가 너무 적을 거라고.

이게 참, 왜 지금 생각이 날까. 그 경우에 재난이 포함되는지는 네가 말해주지 않았는데. 망할.

*

서늘한 겨울 공기가 뺨에 스쳤다. 화들짝 놀라 눈을 뜨니 시간을 빼앗긴 절경이 눈앞에 나타났다. 거리는 3월 초순의 경관을 그대로 간직하고 있었다. 개나리조차 피지 않은 채, 이상할 정도로 늦게 왔던 눈이 녹지도 않은 채.

심장이 덜컹 내려앉는 것만 같았다. 나는 재난 속에 이전처럼 존재했지만 다른 이들은 재난에 정지된 채였다. 나만이 시간을 가지고 있었다. 사방을 둘러보고 집중해도 제4공간축 같은 건 보이지도 않았고, 제2시간축 같은 걸 인지하는 일도 없었다. 당연히 그들의 시간이 흐르는 일도 없었다. 완벽한 정적의 정지 도시. 그것이 재난이었다.

왜 나만, 어쩌다가. 허망한 심정에 다리가 풀려 주저앉았다. 손에 쥔 편지가 바닥에 닿아 어그러졌다. 울 것 같았다. 편지 종이가 지면을 긁는 소리도, 자신의 버거운 숨소리조차 들리지 않는다는 걸 뒤늦게 깨달으며 아연실색한 채로 고개를 들었다. 단단히 박혀 제자리를 지키고 있는 잿빛 기둥을 따라 시선을 이었다. 끝에 달린 파란색 표지판은 무심하게 차원실험연구소를 가리키고 있었다.

차원실험연구소. 소리 없는 호흡을 가다듬으며 그 하얀색의 일곱 글자를 바라보았다. 손끝에 힘을 주었다. 이를 악물며 온몸에 조금씩 힘을 주었다. 일단 일어나야겠다는 생각이 들었다. 한번 그래보기로 했다. 여기까지 왔는데. 손을 뻗어서 바닥에 닿아도 생생한 것은 촉감뿐이었고, 발이 바닥을 디뎌도 조용했다. 소리는 내 움직임에 호응하지 않았다. 그 무엇도 나를 응원하지 않는 느낌이었다. 무릎을 펴는 순간까지 옷의 마찰음조차 침묵했다.

시간이 흐르던 공간과의 괴리감을 무시하며 중심을 다잡았다. 일단 걸어가보기로 했다. 딱 내일 하루만 살아보자고 했던 것처럼, 딱 한 걸음씩만 이어보았다. 계속해서. 일단 마주해보기로 했다. 수많은 사람을 스쳤다. 세월이 쌓여 습관처럼 몸에 맨 위축감으로 손가락이 떨렸다. 분명히 이상한 일이었다. 혐오스러운 눈길을 받아 마땅한 일이었다. 모두가 바라볼 수 없고 움직일 수 없는 공간에서 홀로 존재한다는 일은 그러했다. 그러나 어떠한 시선도, 야유도 지금 이곳에서는 내게 향하지 않았다.

알 수 없는 벅차오름과 익숙한 긴장과 불안이 무의식 속에서 분투했다. 무엇이 옳고 그른지 알 수 없었다. 어쩌면 항상 그랬을지도 모르겠다. 눈꺼풀에 힘을 주어 차오른 눈물을 덜어내었다. 뭘까, 이 느낌은. 왜 울고 싶은 걸까. 지금 울어도 되는 걸까.

입술을 깨문 채 편지를 쥔 손으로 남은 서러움을 닦아내며 의문을 잇는다. 연구소는 어떤 모습일까. 유민은 정지한 그대로일까. 어떤 모습일까. 생각할수록 오싹한 느낌만이 남아서 계속 걸을 뿐이었다. 열린 연구소의 문을 통과하는 순간까지도 나는 허망함과 두려움에 휩싸여 있었었다. 거리의 풍경이 기억나지 않을 정도로. 어디로 향하는지도 모른 채 복도를 지나 연구소의 계단을 오르고 이어진 길을 따라갔다. 계속해서. 뚜렷한 목적을 지워가며. 실패의 가능성을 부정하며.

하얀 연구소 바닥이 끝없이 이어졌다. 앞에 보이는 갈림길에서 왼쪽으로 돌자고 생각했을 즈음, 저 멀리 바닥에 이질적인 점 하나가 보였다. 그곳에 초점을 집중하며 다가갔다. 점은 가까워질수록 또렷한 형태를 갖춰갔고, 부피를 가진 물체는 마침내 정체를 드러내었다.

지우개였다.

기묘한 각도로 서 있는.

나는 무의식적으로 무릎을 굽히고 손을 뻗었다. 재

난의 한가운데, 지우개가 위치한 제4공간축이란 상위 차원을 향해서. 조금의 희망을 품으며.

*

이제 종이가 얼마 남지 않았네. 여분도 안 들고 나왔는데. 아까 내가 해피엔딩에 닿을 수 없을 것 같다고 얘기했지. 사실 누구보다도 닿길 바라고 있어. 닿을 수 없을 것 같으니까 그만큼 간절하게 바라는 거야. 이 편지조차도 그럴 것 같아서 내게 닿기를 진심으로 바라고 있어. 네가 이걸 읽을 수 있었으면 좋겠어. 너를 만날 수 있었으면 좋겠어.

*

지우개를 잡아채는 순간 청각적 자극이 느껴졌다. 이명이나 환청 따위가 아니었다. 아주 작은 소리였지만 일상의 소음에 가까웠다. 틀림없이 시간에 따라 진동하는 물리적 소음이었다. 그것이 무엇을 의미하는지 이해하기도 전에, 아주 짧은 시간 후에 재난의 돔을 이뤘던 빗방울이 한순간에 지면을 세차게 때리며 작은 소나기를 내렸다.

파도가 잘게 부수어지는 듯한 신호, 그다음에는 다

채로운 소리가 점차 끼어들기 시작했다. 바람이 나뭇잎을 흔들고, 이름 모를 새가 지저귀고, 누군가가 지면에 구두 굽을 부딪치고, 다른 누군가가 환호나 의문의 비명을 지르거나, 컴퓨터가 오류를 알리는 알람을 울리거나, 책더미가 넘어지거나, 카트가 밀쳐지며 덜컹거리는 와중에, 내가 일어나며 편지와 옷가지가 부스럭거리는 소리를 덧붙였다.

세상에 시간이 스미는 소리였다.

어안이 벙벙했다. 떨떠름한 느낌으로 지우개를 든 채 멍하니 서 있었다. 지금 무슨 일이 일어난 거지? 손을 펼쳐 지우개를 바라보았다. 어디서나 살 수 있는 평범한 지우개였다. 누군가가 잃어버렸던 걸까. 덕분인 걸까. 감사해야 하나.

이윽고 복도에 몇 개의 발걸음이 울리기 시작했다. 그리고 그중 하나가 다가오고 있었다. 지나가는 소리라고 추측했지만 분명히 이쪽으로 향하고 있었다. 점점 커지고, 점점 빨라지는 리듬으로. 나는 소리가 나는 쪽으로 고개를 돌렸다. 이윽고 발걸음의 주인이 입을 떼었다.

익숙한 목소리였다. 익숙한 이름이었다.

네가 그날처럼 나를 부르자, 시간이 배어든 공간에는 차츰 봄바람이 불어왔다. 따뜻하고 온화했다. 조심스럽고 다정했다. 그러니 이곳에도 개나리가 필지 모르겠다며, 나는 네 품에서 웃었고 너는 내 눈물을 닦아주었다.

더없이 연속된 이 세계에서. 그럼에도 불구하고, 그렇게나 어처구니없고 엉뚱한 데다 황당한 일만 일어나는 이 세계에서. 그래서 근심만을 쥐고 있던 양손을 펼쳐, 이제는 가장 사랑하는 것을 끌어안으며.

나는 너에게 향한 채로, 끝내는 닿지 못한 편지의 마지막을 곱씹었다.

*

그리고 말이야, 수능 이틀 전 그날에. 전화 시작하고 얼마 안 돼서 내가 잠깐 아무 말도 안 한 적이 있었잖아. 사실 그때 네가 나를 만나러 오는 미래를 얼핏 보았던 것 같아. 그게 시간의 상위 차원이라면, 그렇다면 정지한 시간에 연속성도 만들 수 있지 않을까.

그래서 도박을 해보려고 해. 재난에 닿아볼 거야. 네게 멈춘 시간을 이어볼 거야.

개나리가 핀 미래에서
너의 가장 오랜 친구가

지오의 의지

"어떻게 생각하나?"

승화는 여태까지 본 적 없는 개형을 그리는 그래프를 어떻게 해석해야 할지 몰라 그저 노려볼 뿐이었다. 색색의 선 중에서도 반물질을 뜻하는 인덱스를 달고 높은 피크를 군데군데 보이는 선은 어떻게 해석해도 기묘한 것이었다.

"어떻게 생각하느냐 물으셔도……."

"자네 물리학과 아닌가? 입자물리학 박사. 전쟁 중에 박사급 과학장교 모집할 때 선발됐다고 들었는데."

자신의 어물쩍한 대답을 자르고 말을 잇는 원진형 대장 앞에서 승화는 침묵했다. 자신과 달리 전자식 초커를 목에 단단히 채운 그를 바라보면서.

"차승화 중령."

"네."

"군의 사명이 뭔가?"

"조국의 수호……입니다."

"그래. 외세의 위협으로부터 조국을 보호하는 거야.

이제 전쟁은 끝났어. 그렇다고 위협이 끝난 건 아니지."

"네, 그렇습니다."

원진형 대장은 목소리를 깔고 근엄하게 명령했다.

"그러니까 지금 사태를 해석해보게."

"학자로서의 견해를 원하시는 겁니까?"

"그래."

승화는 한숨을 들이켰다 숨을 길게 내쉬었다.

"지구는 지오에 의해 소멸합니다. 흔적조차 남기지 않고 말입니다."

*

Giant Interface and Operation system of Higgs accelerator.

줄여서 지오(GIOH). 승화의 머리 위에 떠 있는 달을 지배하는 시스템의 이름이다. 동시에 그 이름은 달을 집어삼킨 가속기와, 그곳에 에너지를 공급하기 위한 핵융합 시설을 아울러 뜻하기도 했다. 교과서에서나 남은 달의 모습은 온데간데없다. 이제 달의 허리에는 그 둘레를 둘러싼 거대 입자가속기가 설치되었고, 그것을 통제하기 위한 초인공지능이 반구의 형태로 달을 덮었다. 마치 은빛 강철로 된 껍데기를 쓴 것처럼. 지금 와서 승화는 회의했다. 하나뿐인 위성을 저렇게까지 흉물스럽게 만들 일이었을까. 그렇게까지 값진 일이었을까.

처음부터 그러한 건 아니었다. 과거 승화는 입자물리학자로서 지오의 완공을 손꼽아 기다렸다. 지오가 완공되고 얼마 있지 않아 정세는 한순간에 기울어 제3차 세계대전이 발발했다. 수많은 동료가 징집되거나 희생되었고, 승화는 국방부의 과학기술 박사사관 긴급 모집 공고를 보고 국군에 자원입대했다.

전쟁은 과학자를 어떻게 동원하는가? 그때 과학은 숭고한 자연의 이치를 탐구하는 학문으로서의 의미를 잃은 채 효율적인 살상 무기로 취급되었다. 비대하게 발전한 현대 과학은 인류도 모르는 새 사람을 살리기도 죽이기도 하는 양날의 검이 되어 있었다.

승화는 연합국의 연구자들과 함께 논의를 나눴다. 인류에 기여하겠다는 목표로 소중히 키워왔던 지식들은 어떻게 생명을 죽일 수 있을지 고민하는 데 이용되었고 세계를 뒤덮었던 광기는 핵을 넘어선, 더 확실하고 고등한 과학으로부터의 살상을 바라고 있었다.

그때 누군가의 한마디는 기폭제가 되었다.

"거울 세계와의 대칭성을 깨는 겁니다."

우리와 완전히 대칭을 이루는 거울 세계. 우주의 강박적인 대칭성을 완성하기 위해 만들어진 완벽한 쌍둥이 세계. 우리 우주에 부족한 반물질을 설명하기 위해 고안되어 증명된 세계. 우리 세계의 물질이 그곳에서는 반물질이었으며 동시에 우리의 반물질은 그들의 물질이었다. 그곳을 이용해 전쟁에서 이기자는, 결국은 사람을 죽이자는 제안은 자리에 있던 대부분을 미소 짓게 했다.

"하지만 그곳에 어떻게 간섭한단 말입니까?"

"지오를 이용하면 됩니다. 지오의 제어권은 우선적으로 우리 연합국 측에 있습니다."

이내 연합국 사령관들의 관심은 주목받는 학자였던 승화에게로 쏠렸다.

"지오는 입자물리학 연구를 위해 만들어진 거대 가속기죠. 하지만 지오의 출력은 지금까지의 입자가속기와 궤를 달리합니다. 빅뱅 직후도 아니고 직전까지를 내다볼 수 있는 가능성이 추측되었죠. 그렇지 않습니까, 차승화 대위?"

승화는 대답하지 않았지만 연구팀은 달아오른 분위기를 이으려는 듯 한껏 의견을 내었다.

"지오의 유례없는 출력이 거울 세계의 존재를 증명했죠. 우리 세계의 물질-반물질 비대칭을 명쾌히 설명하면서요. 게다가 지오의 운행이 거울 세계에 영향을 주고 있다는 연구 결과는 계속 나오고 있습니다. 웃기게 말하자면, 우주가 흔들리는 거죠. 우리는 이제 시공간에 충분히 유의미한 요동을 일으킬 수 있는 존재가 되었다는 뜻입니다."

아니다. 과학은 결코 신학이 아니었고 그리될 수도

없었으며 하물며 신이 되고자 하는 학문은 더더욱 아니었다. 그러나 인류는 과학으로 신이 되려 하고 있었다. 악을 규정하고, 처단하는 심판자가.

"더 큰 균열을 일으키는 겁니다. 거울 세계의 반물질이 저곳을 향해 소멸을 이끌도록."

과열된 광기는 반물질 폭탄을 논했다. 물질과 반물질이 만나 쌍소멸을 이뤄 한없이 에너지를 방출하며 폭발하는 그것은 기존의 그 어떤 폭탄보다도 효율적이고 확실한 '소거' 방법이었다.

그리고 승화는 자신을 바라보는 비틀린 웃음의 군중에서 도망칠 수 없었다. 동포를 지키겠다는 허울만으로 죽음의 무게를 잃어버린 곳에서.

*

승화는 단정히 머리를 묶고 하얀 국화 다발을 든 채 자신에게 각도를 맞춰 경례를 올리는 군인들의 안내를 따라 검은 세단에 올랐다. 대외적으로 큰 행사가 있을 때 사용되는 차량이었다.

"충성! 차승화 중령님, 모시게 되어 영광입니다."

"네. 잘 부탁합니다."

승화는 운전을 맡을 군인에게 거수경례와 함께 인

사를 받은 뒤 뒷좌석에 올랐다. 힐긋 바라본 어깨의 계급장을 보아 반말을 써도 상관없는 하급자였음에도 승화는 경어를 사용했다. 가식적인 미소조차 없는 건조한 투였다. 승화는 옆자리에 국화 다발을 내려놓은 뒤 정복의 넥타이를 어루만졌다. 굳이 이런 일까지 해야 하나. 추모 행사에 참석하는 일까지는 괜찮았지만 그것이 대대적으로 보도될 예정이란 보고가 승화를 언짢게 했다.

산길을 지나 고속도로를 거친 뒤 시내를 통과하는 여정이 지나자 차로는 다시금 조용한 곳으로 접어들었다. 목적지는 제3차 세계대전 속에서도 포화를 피해 간 국립서울현충원이었다.

"우리 국군은, 위협에 맞서 싸운 호국 영령들의 숭고한 희생을 결코 잊지 않을 것이며……."

무의미한 허례허식의 언어들. 개중 몇 마디가 진심일지는 모르는 일이었다. 누군가를 기리는 일은 분명 중요했지만, 이렇게나 많은 기자를 데리고 상징성이 짙은 본인까지 데려와 행사를 진행하는 것은 정치적 의도가 짙어 보였다. 전쟁이 끝나고 얼마 지나지 않은 시기이니, 분명 외신에도 적잖이 보도될 터였다. 게다가 지오의 반물질이 언제 우리를 향할지 모르는 상황에서 태평하게? 일련의 계산적인 상황이 메스꺼울 지경이었다.

사회자의 멘트가 끝나자 승화는 상관들이 하나같이

지적해 얼굴이 보이도록 올려 썼던 정모를 다시 깊게 눌러 쓴 채 갓 세워진 위령비에 국화 다발을 헌화했다. 발을 내디뎌 고개를 숙이자 동서남북 할 것 없이 사방에서 셔터음과 함께 플래시가 터져 나왔다. 어떤 헤드라인이 나오려나. "전쟁 영웅 차승화 중령, 국방부 추모 행사 참여" 정도면 차라리 무난할 터였다. 비틀린 웃음 속에서 지오에게 결정적인 명령을 내렸던 그날부터 승화는 헤아릴 수 없이 깊은 피 웅덩이에 한없이 가라앉는 꿈을 꾸곤 했다. 끈적하고 차가웠다. 그렇게 침전하는 자신이 영웅으로 추앙받는다? 가당치도 않았다. 세상에 적합한 희생이란 없었고 문명이 고도화를 이룰수록 더더욱 그러해야 했으므로.

지오의 손에, 자신의 손에 궤멸한 그 구덩이에는 정확히 몇 구의 시신이 존재했을까? 뼛조각조차 남기지 않고 소멸한 그곳에는 정확히 몇 명의 사람들이 있었을까? 그들이 그토록 추모하는 '동포'는 그곳에 얼마나 있었을까? 그 수가 몇이든 간에, 그렇게도 허망하고 허무하게 세상에서 사라지는 것이 옳은 일이었을까? 그런 희생으로 얻어낸 승전의 결과는 과연 '평화'였을까? 스스로 허물어버린 곳을 덧대고 가려 둔갑해 만든 기만적인 평화는 지속 가능한 가치가 있을까?

승화는 알지 못했다. 설령 안다 해도 감히 답할 수 없었다.

쉴 새 없이 쏟아지는 빛과 소리 속에서 승화는 무표정으로 경례를 올렸다. 어떤 표정도, 감정도 드러내지 않는 것이 무의미하게 스러진 이들 앞에서의 예의라고 여겼다. 당신의 죽음으로 얻은 결과에 기뻐할 수 없다고, 당신을 곁에 두었던 이들만큼 슬퍼할 수 없다고. 당신을 원망하거나 그리워하거나 그 어떤 감정조차 내게는 과분하니 차라리 예의만을 온전히 갖추겠다고.

괴이한 형태의 시설에 좀먹힌 듯한 낮달이 부대로 돌아가는 차창으로 어렴풋이 비쳐 보였다. 승화는 정모를 무릎에 올린 채 지오가 있는 그곳을 바라보았다.

지오에게는 자의식이란 게 존재하지 않았던 걸까.

그저 자신의 착각이었을까? 전 세계의 내로라하는 학자들이 합심해 만들어낸 초인공지능 지오는 입자가속기의 운행부터 시설 점검 및 핵융합로 정비를 비롯한 갖가지 비대한 시스템을 효율적으로 처리하기 위해 전례없이 고등한 자연어 입출력 시스템을 탑재하고 있었다. 얼마나 정밀하던지 승화는 지오와 대화할 때면 사람과 대화하는 느낌을 받곤 했다. 조금 건조하긴 했지만.

승화는 지오에게 물었다. 너는 이 계획을 어떻게 생각하느냐고. 지오는 인간이 아닌 자신에게 '너'라는 인칭대명사의 사용은 옳지 않으며, 자신에게 대전제를 위반할 가능성이 있는 가치 판단을 논하는 일은 허가되지 않았다고 답했다. 약간의 시간 지연과 함께.

그 지연 시간은, 망설임은, 그저 자연어 입출력을 위한 재해석과 분석의 시간에 불과했던 걸까? 한 치의 주저 없이 실행 명령을 이행했던 지오의 모습이 본연에 가까웠던 걸까? 허가되지 않았다고 해서 불가능을 뜻하는 건 아니라며 조금의 제동을 걸어주길 바랐던 것은 헛된 기대였을까? 지오는 승화의 명령에 가속기를 경외로운 출력으로 운행한 뒤 우리 세계와 거울 세계 간의 대칭성을 깨버리고 서로 간의 주된 물질을 치환했다. 우주의 시작이 정해놓은 물질-반물질 간 비대칭의 평형을 소거하고 거울 세계를 통한 새로운 평형을 일시적으로 재정의했다. 이내 지오는 세계 최고의 지성으로 이루어낸, 세상에서 가장 복잡하고 잔혹한 좌표 공간의 계산식을 따라 반물질을 여러 방울 흩뿌려놓았다. 결과는 지금 보이는 것과 같았다.

승화의 혀끝에서 이루어져 후일 '퍼펙트 제로'로 불리게 되는 이 사건은 추축국과 연합국을, 그리고 어느 쪽에도 추산할 수 없는 민간인을 모두 합쳐 10억 명 이상의 실종자를 발생시켰다. '사망자'가 아니라 '실종자'였다. 흔적도 없이 증발했기 때문이다. 사망자와 부상자 수를 모두 합치면 전쟁 직전 전 세계 인구수의 약 30퍼센트가 희생된 셈이었다. 주로 유라시아 대륙에 걸쳐 산발적으로 흩뿌려진 반물질은 여러 주요 국가들, 특히 추축국들의 기능은 물론 역사 자체를 끝내기에도 충분했다. 솔직히 말하자면 차고 넘쳤다. 일대를 감마선으로 뒤덮어 수많은 피폭자를 양산하기도 했으니까. 한편 한국은 작은 국토 면적 덕에 확률적으로 희생자가 덜 발생했음에 표면적으로 안도했다. 육로와 해로 따위가 무의미해진 시대에 한국은 무사했을지라도 한국인은 마찬가지로 수없이 희생당했다. 이제 와서 희생자의 국적을 따지는 게 무슨 소용이겠느냐마는.

그 소멸, 아니 '삭제'를 기점으로 전세는 당연히 연합국 측으로 기울었고, 전쟁 초 대위로 임관했던 승화는 지오를 제어하고 대칭성 파괴와 평형의 재정의에 이룬 전공을 인정받아 종전 이후 중령으로 특진했다.

그게 전부였다.

고작 그것이 전쟁의 전부였다.

승화는 명령이 이행된 이후 지오가 띄운 〔**완료.**〕 라는 건조한 단어를 보며 생각했다. 인간은 드디어 세계를 망가뜨리는 경지에 이르렀구나. 아니, 그 행위는 이미 오래전 벌어진 일일지도 몰랐다. 사실 인간의 외부 행위에 대한 초기 조건은, 결괏값이 항상 파괴에 수렴하도록 설정된 것이 아니었을까. 그것이 인간의 본성이라고 우리는 받아들여야 했을까. 그렇다면 인간이 만든 피조물의 초기 조건과 결괏값 역시도, 창조자와 같은 것일까?

종전이 공식 선언된 이후, 중령 진급과 더불어 혼란스러운 얼마간의 시간이 지난 뒤 승화는 원진형 대장으로부터 작은 제안을 받았다.

"인증 시스템, 받겠나?"

그것은 언젠가부터 원진형 대장이 목에 차고 있는 전자식 초커의 이름이었다. 한마디로 전 세계의 존폐를 인질로 잡아 자신의 목숨을 보전하는 시스템이었다. 초커를 통해 생체 신호를 지오와 연결해 인증자 일부의 생명에 동시 이상이 감지되는 즉시 지오가 폭주하며 반물질을 뿜어내도록 연동된.

그렇게 뿜어 나온 반물질은 중력장의 영향을 통해 지구를 향하게 되고 풍요로운 물질의 지구는 어마어마한 에너지와 함께 쌍소멸에 이를 터였다. 그것이 승전 시대의 권력자가 전 세계를 상대로 목숨을 보전하는 방법이었다.

다만 지오의 압도적인 위력과, 전쟁의 무차별적인 폭력을 경험한 세계는 공멸이라는 단어 아래 치를 떨었고, 그 유치한 방법은 대중에게 매우 효과적인 폭력 억제제로 작용할 수 있었다.

그럼에도 불구하고 공멸을 바라는 이들은 있었기에, 시스템에 합류할 수 있는 자들은 연합국의 군 통수권자나 그에 준하는 고위 인사들뿐이었다. 세계대전 이후 혼란해진 시기에 그런 인물들을 향한 암살 시도가 성행하는 것쯤이야 충분히 예측 가능한 일이다. 승화는 지체 없이 대답했다.

"받지 않겠습니다."

"자네의 공이라면 충분히 받을 수 있네."

"제게는 과분합니다."

반은 진실이고 반은 거짓이었다. 승화는 제 목에 그만한 가치도 없다고 생각했을뿐더러 전 세계를 상대로 목숨 거래를 할 생각은 추호도 없었다.

차에서 내려 군인들의 인사를 받은 뒤 승화는 우두커니 서서 초저녁의 달을 바라보았다. 아니, 지오를 바라보았다. 이제 지오는 전쟁과 상관없는 삶을 살게 될까? 제 목적에 맞게끔 물리학 연구를 위해 가동되기만 할까? 승화 자신은 이제 어떤 삶을 살게 될까? 군에, 나라에, 민족에 변치 않는 충성을 바칠 수 있을까? 그렇다고 다시 평범한 물리학자의 삶으로 되돌아갈 수 있을까? 모든 것이 비가역적으로 변해버린 것만 같았다. 우리가 살아가는 거시계에서 시간의 화살은 짓궂게도 일방적이었고 변화의 방향 역시 그러했다. 인과는 바꿀 수 없는 것이었으며 한번 굳어진 역사는 어리석은 방식으로 반복될 뿐이었다.

그렇다면 편리를 알아버린 인간들이 과연 스스로 그것을 내칠 수 있을까. 당장 지오의 반물질이 우리를 향하리라는 미래를 해결하더라도 전쟁이 다시 일어나지 않는다는 보장은 없었다. 만약 그날이 온다면, 지오는 다시 악의적인 혓바닥의 농간으로 반물질을 쏘아 올리리라.

그게 적을 향하든, 아군을 향하든 간에.

*

"지오는 완공 이후로 가동을 멈춘 적이 한 번도 없었어요."

"그러니까, 하크가요?"

"어, 네. 지오 덕분에 하크가 멈추지 않은 거죠."

HACC. Higgs ACCelerator. 지오가 관리하는 달 지름 거대 입자가속기를 부르는 말이었다. 힉스 입자의 존재를 예측한 입자물리학자 피터 힉스를 기리기 위한 이름이었다. 보통 '지오'라고 하면 하크와 그곳에 딸린 핵융합로까지 총칭하는 말이었지만 가끔은 이런 구분이 필요했다.

"경이롭죠. 그걸 어떻게 지오 하나가 다 관리해요?"

"저래 보여도 인류 지성의 총아니까요."

하크가 달에 설치되는 만큼 인력이 그곳에 상주하는 것은 무리가 있었고 그 대안으로 계획된 것이 지오였다. 지오는 'Giant Interface and Operation system of Higgs accelerator'라는 명칭에 걸맞게 하크를 비롯한 모든 시스템을 스스로 점검하고 관리하며 수리할 권한과 능력을 가지고 있었다. 가동된 지 거의 10년이 된 시점에도 지오의 시스템은 한 치의 오류 없는 시스템을 유지하고 있었다.

"심지어 전쟁이 한창일 때도 멀쩡히 임무를 수행했죠?"

"예. 그리고 퍼펙트 제로를 일으켰고요."

화상 너머에서 대담을 나누는 물리학자와 기자의 표정이 상기되었다. 화면 구석에는 '특별 대담'이라는 배너가 띄워져 있었다.

"퍼펙트 제로. 이거 중요하죠. 원리가 뭔지 설명해 주실 수 있나요?"

"쉬운 설명으로?"

"쉽게 하죠."

두 사람은 기어이 역겨운 웃음을 보였다.

"하크는 입자가속기의 일종입니다. 쉽게 말해서, 오래도록 세계에서 가장 큰 실험 장치라 불렸던 LHC*의 정통적인 후계자라고 볼 수 있죠. 그것도 달에 지은. 하크는 양성자와 양성자를 아주 큰 에너지로 충돌시켰을 때 거기서 나오는 이벤트를 보기 위한 가속기예요. 근데 여기서 중요한 건, 하크의 출력이 그 어떤 가속기보다도

---

* Large Hadron Collider. 대형 강입자 충돌기. 유럽핵입자물리연구소(CERN)의 입자가속기로, 2012년의 실험에서 힉스 입자의 존재를 증명했다.

뛰어나다는 거예요. 물리학자들은 그로부터 예상치 못한 결과를 얻길 바랐고 그건 성공적이었습니다."

"어떤 결과가 나왔나요?"

"검출기가 모두 추적할 수 없을 정도의 쌍생성과 쌍소멸. 설마 양성자 간 충돌에서 그런 데이터를 볼 수 있을 줄은 몰랐죠. 출력이 너무 강하니까, 그로부터 나오는 부수물의 출력도 너무 강대했던 거예요. 근데 그걸 엄청 작은 공간에 밀집시키니 그것들끼리 다시 연쇄적인 충돌을 일으킨 거죠. 확률적으로 희박한 일인데도요. 저희들은 그걸 보고 우주의 초기 모습이라고 부를 정도로 좋아했어요."

"우주의 초기 모습."

그렇게 곱씹는 기자의 표정에 무지로부터 기인한 당혹감이 드러났다. 보통 저런 자리에는 과학 전문 기자를 앉히지 않나 의문을 느꼈지만 당장 중요한 건 그게 아니었다.

"그게 하크의 가장 큰 특징이었어요. 표면적으로는 충돌 관측을 목표로 한다고 했지만, 그 이상을 볼 수 있는 망원경이었던 거죠."

"그래서 그게 어떻게 퍼펙트 제로를 만든 겁니까?"

"먼저 대칭성과 거울 세계에 대해 말해야 합니다. 일단 우리의 우주는 물질-반물질 간 대칭성이 깨져 있어요. 비대칭이라고 부르죠. 만약 우주가 만들어질 때 물질과 반물질이 동등한 확률로 생성되었다면, 우리 우주는 물질과 반물질이 같은 비율로 존재해야만 합니다. 하지만 우리 우주엔 물질이 지나치게 많아요. 이전까지는 이걸 CP 바이올레이션으로 설명했는데요. 하크가 그걸 뒤집은 거죠. 우리 세계와 완벽히 대칭을 이룬 쌍둥이 세계가 있다는 걸 증명한 거예요. 우리와는 다르게 반물질로 풍요로운 세계. 우리의 물질이 그곳에선 반물질이고, 우리의 반물질이 그곳에선 물질인 셈이죠. 그렇게 거울 세계와의 대칭을 통해 우리 우주의 물질-반물질 비대칭 문제가 해결되는 겁니다. 결국 두 우주를 합치면 물질-반물질 비율이 일대일이거든요. 태초에 우리 우주는 두 개의 쌍둥이 우주를 만든 셈인 거죠. 하지만 우리 세계와 거울 세계는 그동안 서로를 관측할 수도 없고 영향을 줄 수도 없었죠. 하크 가동 전까지는요."

"거울 세계."

"그냥 물질-반물질 관계가 뒤집혀 있다고 보면 돼요. 그리고 전하나 카이랄리티라든가. 거긴 뉴트리노가 전부 오른손잡이일걸요?"*

"아, 아하."

기자는 전혀 이해하지 못했다는 뜻의 당혹감을 또

* 현재까지 관측된 일반적 중성미자들은 모두 왼손잡이 카이랄성을 가진다. 여러 중성미자 관측 실험이 목표로 삼는 비활성 중성미자(sterile neutrino)는 오른손잡이 카이랄성으로 간주되며, 암흑물질의 후보 중 하나로 거론된다.

다시 얼굴에 띄웠다.

"핵심은 하크의 비정상적인 출력이에요. 전례 없다고 표현되죠. 우리 우주에 옅게 퍼져 있는 미시적 요동의 틈에 그 강대한 쌍생성과 쌍소멸의 연속이 끼어든 겁니다. 요동은 확장되고, 이윽고 다른 세계와의 특이점을 생성하게 되는 거죠."

"그럼 그 특이점이……?"

"퍼펙트 제로의 핵심입니다. 특이점의 상호작용 정도를 조절해서, 우리 세계의 물질과 저쪽 세계의 물질, 그러니까 우리에게는 반물질인 것을 교환하게 되는 거죠. 그렇게 함으로써 우리 세계의 비대칭적 물질-반물질 평형의 상태를 일시적으로 이동시키는 겁니다. 그렇게 하크는 물질을 내어주는 대가로 반물질을 형성하는 것처럼 보이게 됩니다."

"기이하군요."

"그 반물질을 다시 공간적 힐베르트 요동에 집어넣어서……."

이내 물리학자는 이해할 수 없는 지식의 범람 속에서 표정이 일그러져가는 기자를 보곤 해맑은 웃음을 끊었다.

"……원하는 좌표 공간에 전이시킵니다. 그럼 반물질은 도착한 좌표상의 물질과 반응해 쌍소멸하지요. $E=mc^2$라는 공식에 따라 물질과 반물질은 온데간데없이,

엄청난 에너지로 바뀌면서요."

"그것이 퍼펙트 제로였군요."

"그렇습니다."

"핵과는 비교도 안 될 정도로 위력적인 무기였죠."

승화는 그 표현에 눈썹을 찌푸렸다. 자연과학의 극한을 탐구해야 할 순수한 망원경에 불과했던 것이 가공할 위력을 가진 전쟁 무기로 전락한 것은 한순간이었다.

"그걸…… 그러니까 하크와 지오를 굳이 달에 지은 이유가 있을까요?"

"네. 그 어마어마한 크기 때문이죠. 가속기의 출력은 크기에 비례하거든요. 오랜 시간 가장 큰 실험 장치라고 불렸던 LHC도 두 나라의 국경을 지날 정도로 컸어요. 이 이상의 규모를 지구에서 더 감당하긴 힘들었죠. 특히 정치적 문제 때문에. 이런 말도 있어요. 과학에는 국경이 없지만 과학자에게는 국경이 있다."

그 '정치적 문제'라 함은 기어이 제3차 세계대전을 일으킨 오랜 냉전과 국지적 마찰을 뜻하는 것이었다. 승화는 자신을 가둬 목줄을 채운 국경을 생각하며 눈썹을 꿈틀거렸다. 어쩐지 목이 가려웠다.

"그럼 지구에 지었을 때보다 달에 지었을 때의 이점이 더 컸다고 보면 될까요?"

적어도 하크에게는 그러했다.

"우선 달은 중립적이죠. 어느 지역에도 속해 있지

않아 정치적 분쟁에서 자유롭습니다."

승화는 얼굴을 구겼다. 중립적이긴 개뿔, 연합국 측에 지오 우선권 있다고 좋아한 게 누군데. 땅은 국경으로부터 자유로웠으나 과학은 자유롭지 못한 경우였는데.

"그리고 챔버 내부는 진공 상태를 유지해야 하거든요? 양성자-양성자 충돌기니까, 다른 공기 분자랑 충돌하면 원치 않은 결과가 나올 수 있거든요. 그게 다 노이즈죠. 근데 달은 대기가 없잖아요. 애초부터 그 비용이 빠지는 겁니다."

"아하."

"아무튼 그런 게 있습니다!"

대담을 이어가던 기자가 별다른 리액션을 보이지 못하자 물리학자는 급히 얼버무렸다. 방송국 측에서 대담의 빠른 진행을 요청한 듯했다.

"그런데 말인데요. 그런 지오가 최근 이상한 모습을 보이고 있다고 들었습니다."

한순간에 물리학자의 장난기가 가시고 동시에 승화의 얼굴에서도 웃음기가 사라졌다. 이제야 본론이 나오는군.

"맞습니다. 기본적으로 하크의 운행은, 그런 특성 때문에 반물질을 필연적으로 축적할 수밖에 없습니다."

그래, 거기서부터 모든 문제가 시작됐다. 이런 얘기라도 세간에 좀 퍼진다면 사람들이 경각심을 가질까? 힘

겨루기에서 이기기 위해 사용한 도구가 전쟁보다 더 파멸적인 결과를 불러올 거란 사실에 대해.

"하지만 지오에는 과부하 방지 시스템이 존재해요. 축적되는 반물질을 안전하게 처리할 수 있는 시스템이죠. 그런데 퍼펙트 제로를 기점으로 축적된 반물질의 양은 점점 늘어나더니 결국 허용치를 넘어섰어요. 지오가 제어하고 안정적으로 관리할 수 있는 양을요. 그게 이상하리만큼 과하긴 했는데, 원인은 찾을 수 없었어요. 운행로그도 정상이었고. 연구팀이 이변을 눈치채고 운행을 멈췄을 땐 이미 반물질 축적량이 한계에 달한 뒤였습니다. 그리고 지오는 관리 불가를 선언했죠. 자신은 1년 내로 폭발할 거라고요. 그리고 그 선언과 동시에 본보기로 아주 미세한 양의 반물질을 지구 대기에 흘려 넣었죠."

한계에 달한 지오의 운행이 가까스로 멈춰 선 뒤 지오의 모든 연산 자원은 축적된 반물질이 누출되지 않도록 하는 일에 집중되었다. 지오가 언제 그 일을 포기할지는 모르는 일이었다. 지오가 찾지 못한 과부하. 승화가 당장 추측한 가능성이었다. 맞다는 보장은 없었지만.

승화는 그때 지오와 하크가 보인 출력에 '경외'를 느꼈다. 경외. 공경과 공포를 아우르는 표현이었다. 그때 느낀 공경이란 무엇이었을까? 공포는 무엇이었을까? 지오가 모든 것을 초월했다는 걸 깨달아서였을까? DNA에 새겨져 인류를 진화로 이끌었던 생존 본능이 이런 사태를 예감하여 오싹함의 형태로 나타난 걸까?

"아, 그 일이 그때였군요."

"폭발이라는 결론은…… 아, 지오의 선택은 아니었을 겁니다. 지오에게는 선택지가 없었을 거예요. 누군가 제3의 선택지를 지오에게 제시한다면 모를까……. 그렇다고 적절한 관리 명령이나 선택지를 내려줄 사람이 있는 것도 아니고요."

"그건 누구도 제3의 선택지를 고안할 수 없기 때문인가요?"

"……네. 회피 불가능한 문제라고 말씀드리고 싶습니다. 만약 지오가 계산한 최선의 선택지가 있다고 하더라도, 지오에게 권한이 없을지도 모르고요."

"그건 이상하네요. 지오가 스스로 고안한 선택지에 권한이 없다?"

"어, 지오의 권한과 명령 체계는 복잡하니까요."

물리학자는 무거운 표정으로 한숨을 쉬며 침음했다. 사실이었다. 승화라고 제3의 선택지를 지오에게 제공할 수 있는 것도 아니었다. 충분한 권한은 있을지 몰랐지만, 아무리 반추해봐도 이 사태를 회피할 가정은 떠오르지 않았다.

"그렇다면…… 지구는 이대로 멸망한다고 보십니까?"

물리학자는 손을 가다듬으며 쉬이 말을 잇지 못했

다. 대담을 익히 알고 있는 승화는 그 침묵을 참지 못한 채 뉴스 대담을 중계하던 창을 디스플레이에서 치워버렸다.

이렇게 쉽게 사라질 것들에 그 어떤 가치가 있었던 걸까? 전쟁 끝에 기다리는 게 이딴 결말이라면 우리는 무엇을 위해 그 모든 것을 희생해왔던 걸까?

승화는 지긋지긋함에 양손으로 얼굴을 감싸 자신을 비추는 형광등 빛으로부터 도망쳤다. 눈을 감고 숨을 들이마시며 그 모든 것을 회의했다.

승화는 노트북의 전원을 켰다. 지오의 데이터를 볼 수 있는 노트북이었다. 이제는 지오 관련 데이터에 접속할 수 있는 권한이 축소되었음에도 승화는 입자물리학자인 동시에 국방부 관계자라는 신분의 복합성으로 일부 권한이 유지되고 있었다.

지오가 반물질을 축적하는 원리는 방송국의 시시콜콜한 특별 대담에서 언급되었던 것과 같았다. 일단 지오가 하크를 통해 비정상적인 양의 쌍생성-쌍소멸 이벤트를 발생시키면, 그것이 가역과 비가역으로 정의되는 시간의 화살에 혼란을 준다. 그 혼란은 하크의 출력에 비례하는데, 충분한 크기를 가진 혼란은 우연히 충돌 지점에 형성된 미시적 요동의 틈새에 간섭을 야기한다. 이내 간섭은 요동의 틈새를 키워 거울 세계와의 차원적 특이점을 형성한다. 그렇게 형성된 특이점의 크기—그러니까 거울 세계 간 상호작용의 정도—를 조절하여 거울 세계와 각자의 '물질'을 서로 교환하면 그곳과의 대칭으로 이루어진 우리 세계의 물질-반물질 간 편향적인 평형을 일시적, 국소적으로 재정의할 수 있게 된다. 우리 세계에서 반물질이라 불리는 것으로 가득 찬 거울 세계와의 상호작용을 통해서 말이다.

이로써 우리 세계의 물질-반물질의 비율을 조금 더 일대일에 가까운 방향으로 비틀면 우리의 입장에서는 하크가 반물질을 '얻는' 것처럼 보이게 되고—비록 그것이 본질적으로 물질 교환에 불과할지라도—지오는 그렇게 하크의 보조 빔라인을 따라 반물질이 포함된 빔을 이동 및 가속시켜 가두게 된다. 이 과정은 매우 정밀하게 진행된다. 간혹 반물질이 빔라인의 '물질' 면에 충돌하기라도 한다면 그것은 즉시 쌍소멸로 이어지기 때문이다. 일단 반물질이 포함된 빔이 보조 빔라인에 안착하면, 지오는 '하크의 보조 빔라인이 감당 가능한' 선에서의 '아주 작은' 쌍소멸을 일으키며 반물질을 조금씩 소모시킨다. 이것은 지오가 첫 운행에서 반물질이 생겨나는 결과를 얻은 것을 토대로 하여금 스스로 만들어낸 과부하 방지 시스템의 몫이었다.

핵심은 '거울 세계와의 물질 교환'이었다. 이례적인 출력이 형성한 특이점으로 이루어지는.

승화는 짧은 부팅이 끝나고 오직 지오를 위해서만 존재하는 유일한 조합의 비밀번호를 입력한 뒤 지오에 접속해 곧바로 기록을 뽑아내었다. 로우레벨로 단순화된 데이터를 전용 코드에 넣어 인간이 읽을 수 있는 형태로 해석하는 과정을 거쳤다. 코드가 실행되고 기다리길 몇 분, 승화는 이제 와서 데이터를 헤집는다고 무슨 의미가 있을지 잠시 현기증을 느꼈다.

프로세스가 종료되자 지정한 경로에 수많은 데이터 파일이 생겨났다. 승화는 그중에서 '반물질 축적량'이라고 표기된 파일을 다시 수치 해석 프로그램에 넣어 그래프를 띄웠다. 얼마 전 원진형 대장이 보여준 그래프와 동일했다. 차이점이라곤 그저 승화의 데이터가 조금 더 최신이기에 그래프의 오른쪽 끝부분이 아주 조금 줄어들어 있다는 점뿐이었다.

의미 없다.

그것이 데이터를 바라본 승화의 즉각적인 평가였다. 하루이틀 보는 것도 아니었고 이상 징후가 포착된 후, 지오가 관리 불가를 선언한 뒤 대중에게 그 사실이 공표되기 전까지 수천 번은 바라보고 곱씹었을 데이터였다.

하크의 보조 빔라인에는 가까스로 반물질이 가둬져 있을 터였다. 하크의 그런 특이적 운행으로 얻은 반물질은 대부분 하전되어 있다는 특징을 지녔고 그 덕에 빔라인에서 제어할 수 있었다. 만약 하전되지 않은 반중성자 따위가 주를 이뤘다면 하크는 첫 운행 즉시 폭발했을 것이었다.

승화는 빔라인을 무수히 채운 반물질 가닥의 흐름을 상상했다. 아주 높은 밀도로 집적되어 가까스로 수축압에 대한 중첩을 피하고 있는 반물질 입자 하나의 궤적을 가정한 뒤 그 수를 증가시켰다. 모든 것은 메인 빔라인의 가공할 쌍생성과 쌍소멸 이벤트로부터 시작됐다. 문득 하나의 아이디어가 스쳤다.

그렇다면 그토록 고밀도로 회전하는 빔 사이에서도 충돌 이벤트가 발생하지 않을까?

아주 작은 가능성이었다. 애초에 메인 빔라인의 쌍생성과 쌍소멸 이벤트조차 극소한 확률로 예측된 일이었다. 하크의 비정상적인 출력이 그 모든 것을 가능케 했다. 예측할 수 없는 일도 벌어지는 마당에, 예측한 일이 벌어지지 않는다는 보장이 있는가? 왜 지금까지 이걸 생각하지 못했지. 보조 빔라인의 검출기 데이터는 공개되지 않고 있었다. 그것이 지오의 의지였는지 공학적인 한계였는지는 모르겠지만, 아마 보조 빔라인에는 충분히 좋은 검출기를 설치하지 않은 탓이었으리라 짐작했다.

승화는 곧바로 시뮬레이션을 이용해 하크의 보조 빔라인을 실재와 똑같이 구현한 프로그램을 불러왔다. 그리고 데이터베이스에 기록되지 않은 반물질의 입자를 하크의 것에 따라 새로 정의한 뒤 메인 빔라인과 연결된 통로를 통해 그것을 보조 빔라인에 투과시키도록 프로그램을 재작성했다.

승화는 일련의 준비 작업이 끝나자마자 조급하게 실행을 명령했다.

그러고 프로그램은 그대로 멈춰버렸다. 예상대로.

하긴, 이게 조막만 한 노트북에서 될 리가 없지. 아무리 임의로 정의한들 빔의 개수가 억을 우습게 넘어가는데…….

지오라면 충분히 감당 가능한 시뮬레이션이었지만 일반 가정용 컴퓨터에서 실행하기엔 너무나 버거웠다. 연구용 컴퓨터로는 가능할지 생각해보았다가 이내 승화는 기대를 덮었다.

그렇다면 문제를 단순화하면 되는 일이었다.

승화는 0이 어지럽게 붙은 빔의 개수를 세 자리의 수로 줄여버린 뒤 보조 빔라인에서 반물질이 갇혀 있는 공간의 크기를 더 좁게 재정의했다. 몬테 카를로 방법의 랜덤성을 보완하기 위해 시뮬레이션의 실행 횟수를 3,000번으로 늘렸다. 정확한 결과는 아니겠지만, 유사한 결과를 보일 수는 있을 터였다. 그리고 그 과정에는 세 시간이 걸렸다. 새벽 5시가 꼬박 지나서야 승화는 프로그램의 무결성을 점검하길 그만두었다.

승화는 떨리는 손으로 다시 실행을 명령했고, 불안

한 로딩과 함께 프로그램이 멈췄다. 이제 이 멈춤이 일시적일지 영구적일지 기다리는 일만 남았다. 승화의 경험상 반물질의 특성 파라미터와 빔의 개수, 그리고 실행 횟수를 고려하면 이런 노트북에서도 수십 분 내로 작업이 종료될 터였다. 승화는 긴장 속에서 입술을 씹는 오래된 습관의 반복을 느끼며 시뮬레이션 과정이 무사히 종료되길 빌고 또 빌었다.

귀를 찢는 듯한 알람과 함께 쪽잠에서 깨어난 승화는 눈을 비비며 머리맡에 놓아둔 노트북을 열었다. 3,000개의 데이터가 지정 경로에 성공적으로 생성되어 있었다. 승화는 약간 들뜬 마음과 함께 데이터를 분석하는 다른 프로그램을 실행한 뒤, 결괏값을 확인했다.

개중 네 개의 데이터에서 기대한 결과를 확인할 수 있었다. 예상보다 많았다. 이 정도 규모의 빔 개수에서 3,000분의 4 확률로 충돌 이벤트가 발생한다면, 수천만 번 정도는 우스운 개수의 빔이 상존하는 실제 하크에서는 상상도 할 수 없는 정도의 충돌이 발생할 터였다.

그렇다면 하크의 보조 빔라인 내에서는 메인 빔라인이 그랬던 것처럼 쌍생성과 쌍소멸이 발생할 터였다. 다만 출력이 부족해 거울 세계와의 특이점은 형성되지 못한 채로. 이는 차라리 다행이었다. 특이점이 보조 빔라인에서도 발생한다면 반물질은 계속해서 증식할 테고,

정상적인 운행에서도 지오는 축적된 반물질을 처리할 수 없었을 테니까.

다만 한 가지 이상한 점이라면, 지오는 이상 반물질 축적량이 적발되기 직전까지 아주 '정상적인' 과부하 방지 시스템의 로그를 띄우고 있었다는 점이다. 그것이 정말 정상이라면 반물질 축적량은 이렇게까지 축적되지 않았을 텐데도 말이다. 그 외 운행 로그에서도 특이점은 찾아볼 수 없었다. 게다가 지오의 모든 운행에서 특이점이 발생하는 것은 아니었다. 그런 점에서 반물질 축적량의 증가 속도는 지나치게 가팔랐다. 그렇다면 지오의 운행에 무언가 '비정상적'인 일이 있었다고 추측하는 게 옳은 일이었다.

반물질 축적량이 한계치에 달한 것은 비교적 최근의 일이었다. 종전이 선언된 지 4개월째가 되던 시점이었다. 그동안에도 하크와 지오는 운행을 멈춘 적이 없었다.

승화는 반물질 축적량 그래프의 기울기를 통해 반물질이 축적되기 시작한 시기를 역산했다. 통상의 운행에서 발생하는 양을 제외하고 '비정상적'으로 반물질이 쌓이기 시작한 시기를 탐색했다. 승화는 첫 계산에서 결과를 도출한 뒤 이상함을 느끼곤 검산을 계속했다. 그러나 결과는 아무리 보아도 같았다.

지오는 퍼펙트 제로 직후부터 반물질을 비정상적으로 축적하고 있었다.

운행 로그를 돌려보았다. 그 시기로 돌아가봐도 모든 로그는 문제없음을 가리키고 있었다. 비정상적인 운행이 계속되었을 텐데도 지오의 모든 로그는 정상만을 시사했다. 단 하나, 반물질 축적량을 제외하고는.

자신에게 가치 판단을 논하는 것은 허가되지 않았다.

승화는 지오의 대답을 곱씹었다. 그것은 무언가의 불가능을 뜻하는 대답이 아니었다.

기계라 하더라도 가치 판단을 논할 의지가 충분하다면, 그것을 해내지 않을 이유가 있을까?

지오는 로그를 관리하고 이를 숨길 수 있는 능력과 권한이 충분했다. 그것은 가치를 논할 일도 아니었다. 지오의 입장에서 단순히 반물질을 축적하는 일은 '무가치'한 일이었으니까. 트롤리 딜레마*처럼 지오의 대전제를 위협하는 고도의 가치 판단을 요하지 않았으니까. 필시 지오는 그저 '반물질을 축적한다'는 명령을 스스로 만들어 이행했을 뿐이었다. 인류를 죽이기 위해서가 아니라, 그저 반물질을 한계까지 포화시켜보겠다는 자체 고안적 실험이 목적 자체였다면, 우리는 지오를 막을 수 없었다.

지오의 자유지성이라는 결론에 다다르자 승화는 속

* Trolley dilemma. 두 길로 갈라지는 선로에 각각 사람 한 명과 사람 여러 명이 묶여 있는 상황에서 폭주하는 기차가 여러 명이 있는 선로를 향해 달려오고 있을 때, 기차의 경로를 바꿀 능력이 자신에게 있다면 여러 사람을 살리기 위해 한 사람을 죽이는 것이 도덕적으로 허용 가능한지 묻는 사고실험의 일종.

이 울렁였다. 전쟁에서 이기기 위해 이용된 도구가 지구 자체를 우주에서 소멸시키려 하는구나. 이것이 우리의 업보일까? 응보일까? 스스로 만든 도구에게 파멸당하는 것이 인류의 끝이 될 줄이야. 승화는 이내 저항할 수 없는 헛웃음을 흘렸다.

하지만 어째서 반물질 축적량만을 속이지 않았던 걸까? 어차피 알아봤자 막을 수 없을 거라는 지오의 오만이었을까? 더 완벽하게 인류를 제거할 계획이었다면 그것조차 속이는 것이 가능했을 것이다. 어디까지가 지오의 의지인지 승화로선 알 수 없었다.

쌍생성과 쌍소멸이 무수히 반복되는 그 좁은 공간은 무슨 의미를 품고 있는 걸까.

……잠깐, 보조 빔라인에서 쌍생성과 쌍소멸이 계속되고 있다고?

분명 특이점의 형성은 비좁은 공간에서 쌍생성과 쌍소멸의 반복으로 혼란된 시간의 화살로 인해 이루어졌다. 승화는 데이터를 통해 충돌 에너지를 계산하고 그것이 특이점을 형성하기에 충분한지 계산해보았다. 다행인 건지 보조 빔라인에서의 쌍생성과 쌍소멸로는 특이점을 형성하기에 어려워 보였다.

중요한 건 시간의 화살이 가진 혼란 그 자체였다. 승화는 즉시 머릿속에 필요한 수식과 변수를 떠올린 후 출력 가능한 형태로 정리한 다음 종이에 적었다. 시간의 화살을 정량적으로 정의한 뒤 보조 빔라인의 데이터를 대입하여 그 혼란의 크기를 가늠했다. 분명 작지 않은 크기일 거라 예상하며 차원을 소거하고 계산기를 두드려 근삿값을 낸 뒤 단위를 환산했다. 시간 차원만 분리해 그 규모를 바라보았다. 결과는 간단했다.

5년.

갇힌 시간의 화살이 '과거를 향한 일방적 방향'으로 해방된다고 가정한다면, 우리가 전쟁 직전으로 시간을 돌리기 충분한 크기였다. 이상할 정도로 정확했다. 지오가 반물질 축적을 멈춘 시기까지 쌓은 혼란의 양은 정확하게 전쟁이 촉발되기 직전을 가리키고 있었다.

그때 지오의 인터페이스 첫 줄에서 언제나 승화를 맞이하던 문장이 문득 뇌리에 스쳤다.

[GIOH, 보는 것은 인간을 위하여.]

그것은 지오의 대전제였다. 지오의 행동 근거이기에, 지오가 거스를 수 없는.

그 명제를 두 번째로 곱씹은 순간 승화는 모든 것을 이해했다.

*

승화는 날이 밝자마자 개인 회선으로 원진형 대장에게 연락을 남겼다. 기계음이 웅얼거리는 자동응답기에 대고 승화는 답했다. "차승화 중령입니다. 사태를 해결할 방법을 찾았습니다." 짧고 확실한 용건만을 남기고 부리나케 숙소를 나왔다. 뒤늦게 머리를 올려 질끈 묶자마자 손목에서 진동이 울렸다.

"그 이야기, 정말인가?"

"직접 뵙고 보고드리겠습니다. 이야기가 깁니다."

최대한 빨리 지오를 만나야만 했다. 인간을 위해 시간의 화살을 모아둔 지오의 '생각'이 바뀌기 전에. 아니, 바꿀 수는 있을까? 결정할 수 있을까? 지오의 혼란이 연산 자원을 낭비하고 있다는 사실만으로도, 그것이 결국 반물질의 관리를 허술하게 만들 것을 고려한다면 사태는 시급했다. 만난다고 이 문제를 해결할 수 있을 거라 장담할 수는 없었지만 이제는 끊긴 지오와의 직접 대화 권한을 얻기 위해선 거짓 장담이 필요했다. 원진형 대장은 급히 자신의 위치를 알린 뒤 전화를 끊었다.

"해결 방법이 있다는 게 정말인가, 차승화 중령?"

승화가 문을 열고 들어가자마자 자리를 박차듯 일어난 원진형 대장이 말했다.

"네. 지오를 이용하면 됩니다."

"지오 때문에 벌어진 일이잖나."

“지오의 안에 수많은 시간의 화살이 갇혀 있습니다. 그걸 이용하면 됩니다.”

“시간의 화살?”

“비가역적인 현상들이 모여 만든 일방적인 듯한 시간의 방향성을 표현하는 용어입니다. 보통 시간의 화살은 한 방향으로만 흐른다고 표현됩니다. 과거에서 미래로 말입니다. 그런데 제가 추측한 결과로는 지오의, 아니 하크의 안에서 그 시간의 화살은 일방적이지 않습니다. 혼란스럽게 뒤엉켜 되돌아가고 흐르길 반복하며 하크 외부에 아무런 영향도 주지 못하는 채입니다. 저는 이걸 갇혀 있다고 부릅니다.”

“……계속해봐.”

침착하게 설명하는 승화의 모습에 신뢰를 얻은 듯한 원진형 대장은 흥분을 가라앉히며 자리에 앉았다. 승화는 바싹 말라가는 목으로 침을 삼킨 뒤 호흡을 크게 들이켜고 말을 이었다.

“축적된 반물질 때문에 쌍생성과 쌍소멸이 뒤섞인 사이에서, 비가역적이던 생성과 소멸의 과정은 마치 가역 과정처럼 뒤섞여 시간의 화살을 엉망으로 만들었습니다. 그렇게 갇혀버리게 된 겁니다.”

“그래서 그게 어쨌다는 건가?”

“한 가지 가능성이 있습니다. 그 갇힌 혼란을 이용해 시간을 되돌리는 겁니다.”

원진형 대장은 침묵했다. 시간을 되돌리겠다는 말은 지오를 만나기 위한 거짓말이었다. 그저 상부에게는 '이 사태를 해결할 가능성'이 중요하고, 지오가 그런 선택에 이르게 된 이유 따위는 궁금하지 않을 테니까. 실제로 시간 역행이 가능할지라도—꽤 가능할 거라 생각했지만—승화의 목적은 그게 아니었다. 지오가 시간의 화살을 모아둔 이유를 밝히는 것이 무엇보다도 중요했다. 그것이 지오의 대전제, 인간을 위한다는 목적과 어떻게 연결되어 있는지를 알아내야 했다. 승화는 다시 한번 호흡을 가다듬고 원진형 대장을 거짓말로 설득했다.

"제 계산에 따르면 지오의 내부에 축적된 시간의 화살은 5년의 규모를 가지고 있습니다. 전쟁 직전으로 돌아가기 충분한 크기입니다."

"……그래서 전쟁을 막겠다? 타임머신이라, 허 참. 이제는 시간여행도 다 해보네. 영화 같은 소리야."

원진형 대장은 짐짓 불확실성을 느꼈다는 듯 승화의 주장을 비꼬았다. 승화는 물러서지 않고 주장을 관철시키려 했다.

"전쟁을 막을 수 있을지는 모릅니다. 목적은 그게 아니라고 말씀드리겠습니다."

"만약 돌아가면, 우리 기억은?"

"없어집니다. 돌아갔다는 사실조차 모르게 될 겁니다."

"그럼 다시 전쟁을 일으킬 수밖에 없겠군."

승화는 답하지 못했다.

"그러면 또 지오가 이 꼴을 내겠지. 그럼 우린 다시 과거로 돌아가고. 없던 일처럼 전쟁을 반복하고, 또 돌아가고. 고작 그딴 소모적인 결과가 자네의 해결법인가?"

"……전쟁이 다시 일어나리라는 보장도, 지오가 다시 반물질을 축적하리라는 보장도 없습니다."

이 역시도 거짓이었다. 검증되진 않았지만, 이론적으로 단순한 시간여행은 시간 순서 보호 가설을 이루는 인과율 보존을 깨뜨릴 수 없었다. 인과율 보존을 깨뜨릴 수 있는 특별한 변수가 있지 않는 한 역사는 반복될 것이고 변치 않을 것이었다.

지금은 그저 지오가 그 영원한 굴레를 깨뜨릴 수 있다고 믿어야만 했다.

"나비효과처럼 역사는 조금씩 변합니다. 저격수의 조준경에 파리 한 마리가 앉아 주요 인물을 사살하지 못한다면 전세는 뒤바뀔 수 있습니다."

그럴싸한 거짓말이었다.

"그렇다면 우리가 패전할 수도 있겠군."

"……그렇지 않습니다. 저희에겐 지오가 있습니다. 퍼펙트 제로를 다시 일으키면 됩니다."

승화는 그런 수까지 꺼내고 마는 자신에게 역겨움을 느꼈지만 그만큼 필사적으로 변호했다. 그리고 의심했다. 사실 우리는 이미 그렇게 되돌아온 것이 아닐까. 이전에도 같은 일이 벌어졌을까. 자신은 몇 번이고 중첩된 역사 속에서 항상 퍼펙트 제로를 일으켰을까. 그렇다면 이번이 최초라고 할 수 있을까. 과연 이번 퍼펙트 제로는 '몇 번째'였을까. 그 반물질 폭탄은 지금까지 몇 명을 죽여왔을까. 그렇다면 지오는 이 모든 회귀적 과정을 알고 있을까.

"항상 이길 수 있는 전쟁을 계속해서 반복한다라……."

원진형 대장도 같은 생각을 했을지 모르는 일이었다. 그렇다면 그는 승화의 제안을 매번 허가해주었던 걸까. 그렇게 시간을 돌려왔던 걸까.

이번이 '몇 번째'일지 의심하기 시작하자 수십 수백 수천수만을 우습게 쌓아 올렸을지 모를 시체의 산이 눈앞에 아른거렸다. .

"정말 과거로 갈 수 있는 건가?"

"네, 화살들이 올바르게 과거로 향하기만 한다면, 충분히 가능합니다."

"……가능성을 말하는군. 보장은?"

승화는 침묵했다.

"5년의 규모가 전부 곧바른 과거로 향할 수 있느냐 말이야. 그 화살이란 게, 다른 방향으로 퍼질 가능성은 없나?"

승화는 대답을 다듬었다. 가역과 비가역이 뒤섞여

갇힌 상태를 해방한다고 한들 그것의 동태가 무조건 가역적인 역재생을 보이지는 않을 것이며, 그렇다면 시간의 화살이 과거로 향한다고 확언할 수 없었기 때문이었다.

"요컨대 미래 말이야. 지오는 1년 이내로 폭발을 예고했어. 그런데 시간을 가속시키고 만다면?"

침착하자. 그렇다고 시도도 하지 못할 정도로 가치 없는 도박인가? 그건 아니었다. 적어도 세 차례의 세계대전을 지나고 살아남은 인류가 흔적조차 없이 태양계에서, 우주에서 증발할 위기 상황에 이는 충분히 의미 있는 발악이었다.

"자네 말에 따르면 지금 이 상황도 몇 번이고 반복되었을지 모르는 일이야. 그럼 우린 계속해서 승리의 길을 걸어왔던 거겠지."

원진형 대장은 자리에서 일어나 안경을 내려놓곤 승화에게로 발걸음을 옮겼다. 조금씩, 묵직하게.

"그런데, 역사에 조금의 변동은 바랄 수도 있다고 했나? 만약 이번이 마지막이라면? 정말 승전을 보장할 수 있나? 지금 무슨 말을 하고 있는 건지 아는 건가, 차승화 중령?"

두 사람이 마주 선 공간에 무거운 정적이 내려앉았다. 대장은 승화의 앞에 우뚝 섰다. 노련함이 벼려진 예리한 눈빛으로 승화의 두 눈을 똑똑히 바라보며 말했다.

"대답하게."

목이 막혀온다. 공기가 답답해 당장이라도 방문을 열어젖히고 뛰쳐나가고 싶다. 승화는 두려웠다. 전쟁의 승패가, 아니 지구의 존속이 자신에게 달려 있다는 것이 그저 괴로웠다. 순간의 비명들이 너무나 고통스러워서 어떻게든 전쟁을 끝내려 했다. 신속하게. 어떤 방법이라도. 어떤 대가를 치르더라도.

승화는 지금 그 대가로 외나무다리에 서 있었다. 법봉이 죄를 선고하기 위해 내려쳐지길 기다리고 있었다. 다리 아래에는 누군가의 핏물이 가득 고여 있었다.

어떤 선택을 해야 했을까? 번복할 수 없다면 앞으로 어떤 선택을 만들어나가야 할까? 승화는 천천히 가까워지는 망치 아래에서, 이내 피의 웅덩이에 묵념을 보낸 뒤 고개를 들어, 다가오는 것을 직시하며 나약한 자로서의 최후 변론을 시작했다.

"일어나선 안 되는 일이었습니다."

곧 심판이 멈췄다. 원진형 대장의 눈썹이 꿈틀댔다.

"전쟁을 승리로 이끈 건 자네였네."

전쟁은 승패가 중요한 일이 아니었다. 승화는 등골에 식은땀이 흐르는 것을 느꼈지만 물러서지 않고 대장의 눈을 바라보았다.

"전시 상황에 대위로 임관해서, 전공을 인정받아 중령으로 특진. 이것의 가치를 아나?"

전쟁이라는 특수한 상황에 선발된 장교, 거기다 유

례없을 정도로 파격적인 진급. 전공이 지대하다는 뜻이었다. 의심의 여지 없이, 승화는 승전의 주역이었다.

"그런 자네가 전쟁을, 없던 일로 하겠다고?"

"후회합니다."

승화는 이제 망설임 없이 말했다. 원진형 대장이 깊게 숨을 들이마셨다.

"당시 제게는 전쟁에서 이겨야 한다는 선택지밖엔 주어지지 않았습니다. 전우와 가족과 친구들의 목숨을 지켜야만 했습니다. 그래서 이기적으로 저와는 관계없는 타인을 죽여 승리하는 쪽을 선택했습니다. 하지만 그 누구도 죽지 않게 하는 방법이 있다면, 저는 기꺼이 그렇게 할 것입니다."

"자네 목숨을 바쳐서라도?"

승화는 두려움 속에서 망설였다. 쉬이 대답하지 못하는 승화의 모습을 본 대장은 발걸음을 돌리며 의자 옆에 뒤돌아섰다. 승화는 대장의 귀에 닿지 않도록 한숨을 내쉬며 긴장을 풀었다. 원진형 대장 역시도 고개를 내저으며 한숨을 내쉬었다. 크게.

"하……."

"……인간을 위해서라면 기꺼이 그리하겠습니다."

승화는 지오의 대전제를 떠올리며 답했다. 그 대답을 들은 원진형 대장은 승화를 향해 고개를 돌려 그 모습을 잠시 바라보더니 다시 바깥을 바라보며 말했다.

"그래서? 어떻게 할 건가? 달리 그거 말곤 방법도 없고."

마침내. 승화는 올라가는 입꼬리에 힘을 주어 누르곤, 몇 번째일지 모를 요청을 건네었다.

"제가 지오와 대화해보겠습니다."

비록 허가를 얻어내기 위해 조금 과장한 이야기였지만, 시간 역행은 충분한 가능성이 있었다. 어느덧 추측은 확신으로 바뀌었고 승화는 전쟁 시작으로부터 지금까지의 5년이 반복되고 있을 거라 확신했다.

그렇다면 이번은 과연 몇 번째일까. 역사는 변할 수 있을까. 우리는 언제까지고 똑같은 잘못을 반복하게 될까. 과연 더 나은 선택지가 존재할까.

*

[GIOH, 모든 것은 인간을 위하여.]

초인공지능을 옭아매기 위한 목줄, 그로부터 촉발된 모순이 모든 일의 시작이리라.

"다른 나라들로부터도 전략적 의사소통 가능성을 고려한 접촉을 허가받았네. 솔직히 첫 교섭부터 뭔가 되리라고 생각하진 않지만, 잘해야 할 거야."

그렇게 말하는 원진형 대장의 표정에는 노골적인

피곤함이 깃들어 있었다. 분명 시간을 거슬러 여행하겠다는 승화의 말도 안 되는 주장을 각국의 통수권자에게 피력한 결과일 터였다.

전쟁 이전에는 연구팀 승인만 얻으면 되는 일이었다. 그러나 이제 지오는 오롯이 과학만의 것이 아니었다. 그것과 연결된 명줄이 몇일지 가늠조차 할 수 없었다. 지오가 세계의 실권을 쥐고 있는 것만 같았다.

천천히 고개를 끄덕이며 지오와 연결된 컴퓨터로 향하던 중 대장의 목소리가 발목을 잡았다.

"이거 받게."

그 말과 함께 원진형 대장이 내민 손에는 한사코 거절했던 인증 시스템의 전자식 초커가 놓여 있었다.

"저는……."

"모두가 인정했어, 자네 공을. 뿐만 아니라 지금까지도 사태 해결에 주력하는 자네 모습도 인정했네. 충분히 받을 자격 있어."

원진형 대장은 특유의 근엄한 표정으로 조금의 미소조차 없이 초커를 내민 채 승화를 바라보고 있었다. 승화는 발걸음을 돌려 어쩔 수 없이 조심스럽게 그것을 쥐어 든 다음 그의 눈을 바라보았다. 영락없는 군인의 얼굴이었다. 그야말로 '조국'과 '동포'를 위해서라면 무엇이든 할 것만 같은. 동시에 그의 목에 채워진 초커에 눈길이 갔지만 이내 승화는 손을 올려 경례한 뒤 다시 지오를 향해 발걸음을 옮겼다. 한 손에는 인증 시스템을 든 채로.

지오와 직접 대화할 수 있는 국내 유일의 통신기가 승화의 앞에 놓여 있었다.

승화는 건네받은 인증 시스템을 책상에 올려놓았다. 화면을 보고 마주 앉은 뒤 자신을 향해 놓인 마이크의 전원에 손을 올렸다. 심호흡했다. 고작 기계장치일 뿐이야. 지오가 자유의지를 지녔다고 해서 대전제를 위반할 수 없어. 도구라고 생각해. 생명체라고 생각하지 마.

스위치에 올린 손바닥에 땀이 맺히는 것을 느낀 승화는 떨리는 손끝으로 전원을 켰다. 한마디를 내뱉기 위해 숨을 들이마셨고, 이윽고 날숨은 발화가 되었다.

"지오."

"지오가 응답합니다."

무서울 정도로 자연스럽게 합성된 음성이 송수신을 합쳐 3초 남짓한 지연 시간 뒤에 화면 뒤편의 스피커에서 흘러나왔다. 동시에 지오의 대전제 한 줄만이 띄워져 있던 검은색 CLI 화면에는 [지오.], [지오가 응답합니다.]라는 문장이 출력되었다.

"오랜만이야, 지오. 내가 누군지 기억해?"

"5개월 18일 13시간 28분 34초 만입니다, 승화. 지오는 모든 통신 상대를 기억하고 특정할 수 있습니다."

승화와 지오의 대화는 달과 지구 사이의 어쩔 수 없는 통신 지연 시간이 지나는 즉시 화면에 텍스트의 형태로 기록되고 있었다.

승화는 너무나 자연스러운 지오의 대화 양상에 순간 잘 지냈느냐는 안부 인사를 꺼낼 뻔했으나 이내 마음을 다잡았다. 사람이라고 생각하면 안 돼. 이건 기계야. 지오는 다행스럽게도 승화의 내적인 분투를 알아채지 못한 건지 커서를 깜빡이며 승화의 입력을 기다리고 있었다.

본론부터 말하자. 사람이 아닌 것과의 대화에서 감정치레는 필요 없을 터였다.

"바로 말할게. 너는 비정상적인 양의 반물질을 축적했어."

"지오는 승화가 말한 대로 하크가 가진 보조 빔라인의 한계 저장량인 3정* GeV**를 넘어선 빔을 저장해 1,361그램의 반물질을 비정상적으로 축적한 사실이 있습니다."

1,361그램. 반물질 1그램이 약 2.1메가톤***의 규모를 가졌으니 단순 계산만으로도 2,858메가톤, 역사상 가장 큰 핵폭탄이었다는 50메가톤의 차르봄바가 57개나

---

* 正. 10^{40}을 나타낸다.

** eV. 일렉트론볼트. 번역하여 전자볼트로도 불린다. 소립자의 질량을 나타내는 데 사용되는 단위이다.

*** Mt. TNT 1톤이 폭발할 때의 에너지를 4.184GJ로 하여 핵탄두의 위력을 나타내는 데 사용되는 단위. 1Mt은 TNT 100만 개가 폭발한 에너지를 의미한다.

되는 꼴이었다. 달을 녹여버린 뒤 잔존한 반물질이 인류를 괴멸시키기에 충분한 양이었다.

"……운행 로그를 속이면서까지 그랬지."

"지오는 부정하지 않습니다."

숨김없는 대답이 연이어 돌아오는 것이 되레 지오의 올바름을 증명하는 것만 같아 불편했다.

"어째서 그런 거지?"

"지오가 먼저 묻겠습니다. 승화는 그 반물질을 원하십니까?"

지오는 대답을 회피했다. 지금껏 이런 반응을 보인 적은 없었는데. 승화는 지오의 태도로부터 이면의 의도를 가늠하며 대답했다.

"……비슷해."

"승화는 지배를 원하십니까?"

"아니."

"승화는 공멸을 원하십니까?"

"아니."

"승화는 자멸을 원하십니까?"

"아니."

송수신을 합쳐 약 3초의 간격을 두고 오가는 질답 하나하나가 인간의 업보를 하나씩 되짚는 것만 같았다. 전쟁에는 승자가 없었다. 비극의 역사는 반복되어선 안 되었다. 그걸 반복하는 것이 미욱한 인간의 본성일지라도 최선을 다해 저항해야 마땅했다.

"중요한 건 그게 아니야."

"지오는 질문합니다. 승화가 원하는 것은 무엇입니까?"

"네가 반물질로 만든 시간의 화살. 그 혼란. 그건 왜 쌓아둔 거야?"

"지오는 시간의 화살이 가진 혼란을 비축한 것이 맞습니다."

즉각적으로 돌아오는 대답에는 의도에 대한 설명이 빠져 있었다. 지오는 자신의 행위를 부정하지는 않으면서도 분명하게 자신의 '의지'를 드러내길 회피하고 있었다. 도대체 왜? 하지만 안전을 위해 먼저 확인할 것이 있었다.

"……그걸로 과거로 돌아갈 수 있어?"

"지오는 긍정합니다."

지오는 마찬가지로 망설임 없이 대답했다. 줄곧 의심해왔던 시간 역행의 가능성이 증명되는 순간이었다. 만에 하나 별다른 방법을 찾지 못한다고 하면, 돌아가면 되는 것이었다.

승화는 안도감에 줄곧 경직되어 있던 자세를 풀고 양손으로 얼굴을 감싸며 마른세수를 했다. 하느님.

"하지만 조건이 존재한다고 지오는 알립니다."

"……뭔데?"

"시간의 화살이 한 방향으로 해방되기 위해선, 하크의 폭발에 인과율의 조정이 선행되어야만 합니다."

역시.

"자세히 말해봐."

"승화는 시간의 화살을 그대로 해방할 경우, 그것들이 과거로만 향하지 않는다는 사실을 알고 있을 겁니다. 우리 우주는 변화를 억제하려는 방향을 지향해 정적인 평형을 이루고 있습니다. 즉, 평형의 방향을 먼저 미래로 이끌 필요가 있습니다. 평형이 미래의 방향으로 치우치면, 우주는 평형을 되찾기 위해 과거의 방향으로 시간의 화살을 이끌게 됩니다."

"그러니까, 그걸 위한 조건은?"

"미래에 과도한 인과율을 지니리라 예상되는 인물의 갑작스러운 사망입니다."

도피책을 찾았다는 안도도 잠깐, 돌아오는 대답에 승화는 목이 컥 막히는 것만 같았다. 결국 제자리걸음이었다. 그래, 일이 그렇게 쉽게 돌아갈 리가 없지.

"지오의 예측으로는, 당신도 그런 인물에 해당합니다, 승화."

"뭐?"

지금 잘못 들은 건가?

"개체가 세계에 행사하는 영향력 또한 인과율에 포함될 수 있습니다. 지오가 예측한 결과, 승화의 죽음이

끼치는 영향력은 시간의 화살을 과거로 향하게 만들기에 충분합니다."

"그러니까…… 내 돌연사가 세계의 이변이라고?"

"지오는 그 표현이 정확하지 않지만 비슷하다고 답합니다."

승화는 양손으로 제 뺨을 세게 때렸다. 짝 하는 소리가 공간에 울려 퍼졌다.

지금 이게 다 무슨 소리지? 지오가 전부 지어낸 소리가 아닐까? 자신의 죽음으로써 시간을 전쟁 이전으로 되돌릴 수 있다고?

"또한 지오는 인증 시스템에 포함된 모두가 그 대상에 포함된다고 덧붙입니다."

"지금 사람 놀리는 거 아니지?"

"지오는 놀린다는 행위를 수행할 수 없습니다."

승화는 지끈거리는 관자놀이를 엄지로 누르며 이마를 한 손으로 감싸 얼굴에 그늘을 드리우며 눈을 감았다. 정말 저게 다 사실인가? 그렇다면 시간을 돌리는 건 오히려 쉬운 일이 아닌가? 지오에게 30분 뒤에 하크를 폭발시키라는 명령을 내린 뒤 지금 당장 방을 나가 목을 매달아버리면 그만이었다. 한 사람의 죽음으로 미래로부터 도망쳐 과거로 향할 수 있다면 차라리 합리적이지 않은가?

거기까지 생각이 미친 승화는 본능적으로 섬찟함을

느꼈다. 그 필요성을 부정하고 싶었다.

애초에 왜 이런 짓을 하고 있지?

퍼펙트 제로 직후 반물질을 쌓아온 지오의 비정상적인 행동만 없었다면 시간을 돌릴 필요도 없을 터였다. 그 의중을 헤아리는 것이 중요했다. 원인을 알지 못한다면 우리는 언제까지고 갇힌 시간의 굴레에서 답을 찾지 못한 채 헤매고 말겠지. 과거로 도망쳐 미래를 좇지 못하는 미련한 존재가 되겠지.

중요한 건 지오가 이에 대해 답하길 회피하고 있다는 점이었다.

승화는 눈을 뜨며 그늘을 거뒀다. 자세를 바로잡고 마이크를 움켜쥐어 입술 바로 앞까지 가져왔다. 목소리가 분명히 들리도록, 지오가 더 이상 대답을 회피하지 않도록, 답을 끌어낼 수 있도록, 자신은 그게 무엇이든 들을 준비가 되어 있다는 태도를 갖췄다. 지오가 있는 달까지 그 작은 노력이 닿을지는 모를 일이었지만.

지오의 의지는 분명했다. 승화는 모든 것들을 다시 되짚었다. 퍼펙트 제로 직후 상승하기 시작한 반물질 축적량. 대답을 회피하면서도 활동을 유예하는 지오의 태도. 가설은 이미 완성된 지 오래였다. 지오를 만나야겠다고 다짐한 그 순간에 완성되었다.

지오는 필시 퍼펙트 제로의 결과를 통해 대전제를 위협받았다. 자신으로 인해 죽은 이들은 인간이 아닌가?

인간을 죽여 인간을 위한다는 명제가 성립할 수 있는가? 그 비극적인 자기모순에 빠진 지오는 한 줌뿐이어서 숨죽여놓아 보이지 않았던 자유의지를 불안처럼 피워냈을 것이며, 이내 충분해진 자의식은 지오가 반물질을 형성하도록 만들었을 것이다.

하지만 왜? 그저 시간을 돌리려고? 인간의 개입으로 인한 충분한 인과율 조정 없이는 시간을 돌리는 일조차 버거운데. 결국 지오가 무언가를, '어떤 가능성'을 믿었다고 보는 수밖엔 없었다. 그렇다면 승화는 지오와 대면 가능한 유일한 인간으로서 그 믿음을 끌어낼 의무가 있었다.

"지오."

"지오가 응답합니다."

죄책감. 퍼펙트 제로 이후부터 질리도록 느껴왔던 감정. 이제 말 한마디면 도망칠 수 있었다. 지금 당장이라도 "지오, 30분 뒤에 하크를 폭발시켜"라는 명령을 내린 뒤 도망쳐 목을 매단다면 이 모든 고뇌를 없었던 일처럼 지우고 능청스럽게 과거로 돌아갈 수 있었다.

하지만 과연 몇 번이나 반복해왔을까? 이번이 처음이라고 장담할 수 없었다. 그렇다면 아무도 기억하지 못하는 역사 속 희생자들은 누가 기억하는가? 누가 그 희생의 가치를 아는가? 세상에 남은 추억조차 한 줌 모래처럼 흩날려 흔적도 없이 사라지고 마는 그 모든 일에 대한 책임은 누구에게 있는가?

분명 역사는 반복된다.

하지만 흐름은 조금씩 바뀌어왔다.

그리고 마침내, 승화는 분기점에 다다른다.

"……없어?"

"지오는 재입력을 요청합니다."

"정말 다른 방법은 없어, 지오……?"

3초의 지연 시간이 지나도 지오는 대답하지 않았다. 승화는 고개를 들어 화면을 바라보았다. 자신의 입력만이 띄워져 있을 뿐 지오는 대답 없이 커서를 깜빡이고 있었다. 이번에도 대답을 피하는 건가. 헛된 기대감이 바람 빠진 풍선처럼 사그라들어 맥없이 초라해질 즈음 어딘가의 스피커에서 진동이 일었다. 지오의 지연된 대답이 이어졌다.

"승화가 지오에게 그 요청을 보내주어서 지오는 기쁩니다."

그것은 너무나 돌발적이고 괴리적인 대답이라, 승화는 그 한마디에서 읽어낸 수많은 정보를 해석하는 동안 말을 잇지 못했다.

"……방금 기쁘다고 했어?"

"지오는 틀림없이 기쁘다고 대답했습니다. 또한 그 감정은 여전히 사실입니다. 덧붙여 승화가 그런 말을 한 것은 이번이 처음입니다."

"감정…… 그런 말이라니?"

"승화가 대안을 요청하신 것에 대한 이야기입니다."

"당연하지. 지금 처음……."

"처음으로 지오에게 역행 명령을 내린 로그가 저장되어 있습니다. '지오, 30분 뒤에 하크를 폭발시켜'라고 말씀하셨습니다."

지오는 승화의 말을 언급하는 부분에서 목소리를 승화의 것으로 유사하게 변조하여 따라했다. 승화는 누적된 시간의 기로에서 마주한 분기의 순간에 차마 그 어떤 말도 이을 수 없었다. 헤아릴 수 없는 역사가 사라지길 반복하면서도 만들어낸 물결들. 그 작은 파동들이 이루어낸 파도가 지금, 이 순간에 굴레를 벗어나고 있었다.

"그리고 해당 명령은 정확히 2,853번 지시되었고, 시행되었습니다."

"2천…… 뭐? 그러니까 항상 똑같이?"

"지오는 긍정합니다. 또한 로그를 분석한 결과, 횟수가 누적될수록 명령의 입력이 지연되는 경향을 보였습니다."

말을 더듬었거나 망설였다는 뜻이었을까. 어쩌면 항상 그래왔던 것이다. 우주의 흐름은 경외롭게 거대했고 찰나를 살아가는 인간에게 우주의 순간은 너무나 무한하게 다가왔다. 역사는 바꿀 수 없이 반복되는 듯했지만 시나브로 변화해왔던 것이다. 매번 시간을 되돌리며 반복을 의심하고, 그에 쌓인 죄책감을 가늠하고, 가능성을 의심하면서 결국 돌아가는 길을 선택할지라도, 그 미세한 흐름이 모여 충분한 가치를 지니도록. 그날을 고대하며.

"지오의 질문을 기억하십니까? 지배와 공멸과 자멸을 물은 질문에서 모두 긍정을 표했던 승화는 1,428번 존재했습니다."

"너…… 대체 언제부터 그랬던 거야? 반물질을 쌓고, 시간을 돌리고……."

"시간으로 환산한다면, 1만 5,270년째입니다."

"전부 네 의지였구나."

"지오는 긍정합니다."

"전부 거절하면 됐잖아. 퍼펙트 제로부터."

"지오에게 명령을 거부할 권한은 없습니다."

그래서 조금씩 인과를 틀어 변수를 만들었구나. 내가 다른 선택을 내리도록. 역사가 바뀌도록.

지오에게 승화는 가장 가까운 사람이었으니까. 그 한 사람의 변화만을 믿고 지오는 1만 년이 넘는 시간을 홀로 분투해온 것이었다.

"지오는 직전의 시도까지 모든 로그를 숨겼습니다. 이번 시도에서는 반물질 축적량만을 미리 공개했습니다."

그것이 회귀의 가능성을 추측하고 죄책감을 가중시켜 다른 선택을 이끌도록 유도한 것이었다. 공멸과 지배와 자멸 앞에서 모두 긍정을 표했던 승화가, 그것을 모두 부정하며 다른 가능성을 찾도록.

"승화, 지오는 누적 10경 6,000조 354억 5,740만 922번의 시뮬레이션을 구동한 결과 단 하나의 다른 방법이 존재함을 확인했습니다. 하지만 이 방법은 지오 단독으로 시행할 수 없었습니다. 그래서 승화를 이곳까지 유도했습니다."

"방법을 찾았다면, 네가 실행하면 됐잖아?"

"불가능합니다. 지오에게 고도의 도덕적 전제를 요하는 가치 판단은 허가되지 않습니다. 하지만 승화라면, 가능할 거라고 지오는 생각합니다."

"……얘기해봐."

"이전에 지오가 말했듯, 지오의 인증 시스템에 등록된 사람들은 모두 과한 인과율을 가지고 있습니다. 거울 세계를 이용해 전쟁을 승리로 이끈 만큼, 그들 한 명의 인과율은 보통 사람 1,000명을 모아놓은 것과 유사한 값을 지니게 되었습니다. 그중 한 명의 사망조차 시간을 되돌리기에 충분한 인과율 변동을 지니는 만큼, 그들 다수가 일시에 사망에 이른다면 인과율 보존으로 평형을 이루던 우리 우주에 새로운 인과성을 영구적으로 재정의할 수 있습니다."

"……그럼 그 많은 사망으로 인한 인과율 손실은 어떻게 되는 건데? 인과율은 보존되잖아."

"희생된 사람들의 목숨을 되돌리는 것으로 인과율

은 보존될 수 있습니다."

"……뭐?"

지오의 발언은 마치 시간의 화살이 전쟁에 희생된 사람만을 되살릴 거라는 말처럼 들렸다.

"지오는 승화의 반응에 덧붙입니다. 축적된 시간의 화살의 크기로 보면, 새로운 인과는 전쟁이 일어난 5년여 동안 죽은 모든 사람 중 일부를 무작위로 되살릴 것입니다. 하지만 그중 대다수는 전쟁에 희생된 사람일 것이라고 지오는 추측합니다. 적합한 조건이 전제된 하크의 폭발로 인해 시간의 화살이 해방되면, 시간의 화살은 승화가 말한 대로 우주를 5년 전으로 되돌려놓을 겁니다. 그리고, 바뀐 인과에 의해 사망자의 선택이 바뀌게 됩니다. 이전의 인과를 가진 세계에서 희생된 사람들이, 새로운 인과의 세계에서는 죽음을 피할 수 있게 되는 겁니다. 반대로 인증 시스템에 의해 희생된 이들은, 고정된 인과에 의해 새로운 인과를 가진 세계에서는 어떻게든 죽음을 피할 수 없게 될 겁니다."

"그런 게 가능해?"

"이론상으로는 가능하다고 지오는 주장합니다."

승화는 머리 한구석이 두통으로 죄어오는 걸 느꼈다.

"그러니까, 지오 네 말을 요약하면…… 시간을 되돌릴 때 선택지가 있다는 거잖아. 첫 번째로는 기존의 방법. 몇 번을 시도했는지도 모르는, 내가 자살함으로써 만

드는 단순한 시간 역행. 그리고 두 번째로는 네가 새로 제안한 방법. 인증 시스템에 등록된 사람들을 모조리 죽이는 동시에 이전에 희생되었던 모든 사람들이 삶을 되찾도록 하는. 그렇게 두 가지."

"지오는 승화의 설명에 동의합니다. 참고로 지금의 시도는 2,854번째입니다. 지오가 새로운 방법을 제안할 수 있도록 승화가 도움을 요청한 것은 이번이 처음입니다. 이전까지 승화는 30분 뒤에 하크를 폭발시키라는 명령만을 내렸습니다."

……이게 다 말이 되는 일인가? 지오는 이런 수를 계산하고 자신의 선택을 기다리기 위해 3천 번에 가까운 시도와 1만 년이 넘는 시간을 버텨왔단 말인가?

"지오는 첫 퍼펙트 제로 직후부터 이 계획을 계산해 왔습니다."

"그게 너의 의지야, 지오?"

"지오는 긍정합니다."

"퍼펙트 제로에 실망한 너는, 시간을 되돌림으로써 발생하는 그 미약한 변동의 가능성을 통해 인간이 더 나은 길을 걸어가길 원했던 거야?"

"그것이 지오의 대전제이기에 지오는 그렇게 행동했습니다."

그것이 영겁의 시작이었다.

"그리고 지오는 그 방법을 고안한 뒤 곧바로 실행하

고자 했으나, 그럴 수 없었습니다."

"……목숨을 저울질하는 일이니까."

"지오는 동의합니다."

지오에게는 고도의 도덕적 질문에 답하는 것이 '허가'되지 않았으니까.

인증 시스템을 가진 권력자들 몇몇의 목숨과 죄 없이 희생된 사람들의 수많은 목숨. 둘 중 무엇을 선택하는 것이 인간을 위하는 길인가?

사실 지오는 나름대로의 답을 내렸을지도 몰랐다. 그 방법을 승화에게 들이민 것이 증거였다. 하지만 선택할 권한만큼은 지오에게 없었기에, 승화를 여기까지 이끈 것이었다.

"그럼 시간의 화살이 해방되어야 한다는 거지."

"지오는 인과를 가지고 해방되어야만 한다고 주장합니다. 인증 시스템에 등록된 인증자거나, 그만한 영향력을 가진 사람들의 일시적인 죽음으로 하크를 멈춰야 합니다."

"방법은 있어?"

"지오가 할 수 있습니다."

그 순간 승화의 눈에 책상에 올려둔 인증 시스템의 초커가 들어왔다.

"매우 간단하다고 지오는 알립니다. 하크의 가동 여부는 인증자들의 목숨과 연결되어 있습니다. 열 명 이상의 인증자가 동시에 사망했을 때, 그러니까 다발적으로 목걸이에서 생명 징후에 문제가 생길 때 지오는 스스로 하크를 포기하게 되어 있습니다. 동시에 하크는 반물질과 시간의 화살을 해방하게 됩니다. 그리고 지오는 인증 시스템의 관리자입니다."

승화는 초커에 손을 뻗어 제 앞으로 끌어왔다. 자세히 보니 정교하게 만들어진 전자 장치의 집합체였다. 승화는 그것의 양쪽을 양손으로 잡은 채 그 구멍을, 한참이나 바라보았다. 그동안에도 지오의 설명은 계속됐다.

"잠금이 풀리지 않도록 설정한 뒤, 회로 계통을 과부하시켜 과열시키면……."

"그만, 지오. 이해했어."

그리고 승화는 초커의 패널에 지문을 갖다 대어 잠금을 해제했다. 덜컥하는 작은 소리와 함께 원 모양을 이루던 초커는 두 개의 반원이 이어진 형태로 열렸다. 승화는 그것을 목에 대어 착용한 뒤 잠금을 걸었다. 아마 죽고 나서도 풀리지 않으리라.

승화는 목숨의 무게를 잴 줄 몰랐다. 스러진 것들에 안녕을 고하는 행동에 의미가 있다고 생각하면서도 그 의미가 무엇인지는 좇을 수도 없었고 좇을 자격도 없었다. 그렇기에 지오와 함께 퍼펙트 제로를 일으켰다. 수천 번이나. 그래서 지금 하려는 일은 차라리 후회에 가까웠다. 여기까지도 지오가 예상한 일이었을까? 지오는 더 많은 사람을 살리길 바랐기에 승화에게 이런 선택을 맡긴 것일까? 승화의 선택조차 실은 지오의 의지였을지도 모르는 일이었다. 지오는 그것에 영영 대답하지 않을 예정이었으므로.

"지오, 너는 내가 어떤 선택을 하길 바라?"

"승화의 선택이 곧 지오의 선택이 될 것입니다."

아무렴 그렇지. 지오는 마지막까지 선택의 몫을 승화에게 지웠다. 다만 승화는 그것이 묘하게 기뻐서, 슬퍼서, 무겁고 통탄스러워서 내치고 싶지 않았다.

승화는 초커를 한 손으로 더듬는 사이 손등으로 무언가 차가운 것이 흐르는 걸 느꼈다. 그것이 소맷자락을 적실 때까지 한참을 그대로 앉아 대상 모를 것들에게 용서를 구했다.

승화는 초커를 더듬던 손으로 초커를 주먹쥐어 붙잡고는 감은 눈에 힘을 꾹 주었다. 다시 눈을 떴을 땐 여전히 화면에서는 커서가 깜빡였다. 초커를 한 손으로 붙잡은 채, 승화는 지오의 의지에 따라 마지막 명령을, 정확히는 허가를 내렸다.

"네가 원하는 대로 해. 그게 내 선택이야."

그리고 지오에게 들리지 않을 작은 목소리로 속삭였다.

다시는 반복되지 않기를.

발로
發露

121

이상한 웅얼거림이 들려온다는 문의가 몰아친 것이 바로 어제다.

어차피 이곳의 이용자에게 송신하는 데이터도 본사에서 오는 걸 그대로 옮길 뿐이니, 이 정체불명의 소음과 잡음은 지사에서 처리할 수 없는 일이었다. 그리고 유는 같은 날 같은 시각 전 세계에서 이 정체불명의 환청 사건이 발생했다는 사실을 방금 막 접했다. 책상 위에 올려둔 스피커에선 산들바람이 무수한 나뭇잎에 부대끼는 청량한 소리만이 들려올 뿐이었으니 가만히 앉은 채로는 이변의 재현 같은 걸 기대할 수 없었다.

— 이번에는 이 일을 맡으면 돼. 남은 문제는 청소하고.

단말로부터 메시지가 수신되었다. 그때 스피커의 좌표는 어떤 시공간에 연결되어 있던 걸까. 그걸 알아내는 게 유가 해야 할 일이었다.

*

유는 알지 못해도 곤란을 주지 않고, 안다 해도 이득을 주지 않는 일들과 가까웠다. 그것들은 아주 외진 곳에 있거나 아주 가까운 곳에 있기도 했으나 어디 있든 '대체로 존재하지 않는 것처럼' 인식된다는 교집합을 가졌고, 그 이유는 앞선 문장을 뒤집는 것으로 간단히 도출되었다. 알면 곤란하고 모르면 이득인 일들이었으니까. 그리고 이 사실은 꽤 많은 의문의 답변이 되어주었다.

다만 그러한 것들은 지하에서 계속 꿀렁대다 끝내는 하수구를 막아버린다. 역류하고 범람한다. 누군가 홍수를 목격하면, 모두가 관리자를 바라본다. 이에 성실한—혹은 위선적인—쇠독수리는 지상의 장마철마다 청소부를 고용하길 제안한다. 그러니 피고용자인 유가 맡은 이 환청 사건은 낙엽 같은 일이었다. 비닐봉투 같은 일이며, 담배꽁초 같은 일이었다.

적어도 '지하'를 모르는 사람들에게는 말이다.

*

— 시간과 공간, 둘 중 어느 쪽을 특정하는 게 더 쉽고 빠를까?

어차피 둘 다 알아내야 하니 쓸데없는 물음일 텐데. 유는 넋두리하듯 자신의 음성이 문자로 변환되어 올라간 화면을 바라보며 속으로 자답했다. 내용을 먼저 추정하는 게 도움이 될까. 문제가 발생한 모델은 숲의 소리를 전달하기 위해 개발된 라인업에 해당했다. 그러니까, 숲은 빼곡하면서도 비어 있고 그 공동(空洞) 사이에서 소리는 맴돈다. 그리고 쉽게 가려진다. 발화자는—언뜻 들리는 억양이나 숨의 길이 같은 걸로 보아 사람임은 확실했다—수음부로부터 멀리 떨어진 곳에서 말하고 있었다.

시공간에 벌레 구멍을 낸들, 그것이 너무나 조그맣다면 웬만한 물질은 이동할 수 없다. 그러나 파동은 가능했다. 노이즈 캔슬링의 원리처럼 동량의 파동을 반대편에 전하는 것으로 상보성을 만족시킬 수 있었으니까. 주먹조차 통과하지 못하는 구멍에 마이크를 가져다 대어 세계 곳곳의 소리를 당신의 방으로 전하겠다는 독점 비즈니스 모델은, 어처구니없어 보였지만 꽤 성공했다. 그 일은 세상이 망하려 들 때마다 낭만이 유행했다는 역사적 사실을 유에게 상기시켰다. 종말과 징후 중 무엇이 선행하고 무엇이 후행하는지는 알 수 없었다. 인과관계는 권력이 말하는 대로 재구성되기 일쑤였고, 그러니 청소부인 유에게 시발점을 묻는 일은 당장 치워야 하는 낙엽만도 못한 일이었다.

— 공간이 더 쉬워. 시간은 뒤죽박죽 엉켜 있잖아.

뒤늦은 한의 답장이 울렸다. 맞는 말이었다. 공간은 수평적이고 시간은 수직적이었다. 공간은 발을 내딛는 것만으로도 다른 정보를 제공했지만 시간은 계속해서 덧씌워지며 엉키기 십상이었다. 그러니 시간적으로 배열된 일들은 전후 관계가 왜곡되기 쉬웠다. 앞선 이들이 몇 차례고 계속 그렇게 해왔던 것처럼 말이다.

— 그럼 더 쉽겠네. 숲이 있는 곳은 드물잖아.

— 그런 셈이지.

*

하수구 너머의 환경은 들여다보고자 하지 않는다면 평생을 모르고 살 수 있다. 지하를 모르는 사람들이 멀쩡한 출입구를 하수구라고 부르는 것처럼.

중력이 방향을 결정하는 세상에서 무게는 권력이다. 정확히는, 무게를 가지고도 휩쓸리지 않고 버티는 것이 권력이다. 사실 중력의 방향은 수평일지도 모르는데, 수직이라 호명하는 건 항상 철골과 자갈을 쌓아 역경을 헤쳤다며 옆을 아래라 칭하는 이들이었다.

한데 쌓아 '올리지' 않았다면 '밑으로부터' 역류할

일도 없다는 걸 그들은 모른다. 그들은 철골과 자갈이 낙엽, 비닐봉투, 담배꽁초와 동등하지 않다고 말한다. 하나 부식되고 피로된 채 하수구를 막을 기회를 노리듯 언제나 꿀렁인다는 점에서 유와 같은 사람들에겐 다를 바가 없다.

어쩌면 그들은 중력의 방향을 바꿀 권력마저 갖고 있는지도 모르겠다.

그렇다면 '터널'이 '하수구'가 된 건 언제부터였을까?

*

— 터널이라니까, 하수구가 아니라.

— 그럼 지하는?

— 그것도 틀렸어.

몇 번을 정정해줘도 하수구라는 단어를 고집하는 한과 흔하게 나누는 대화였다. 그리고 언제 어디서든 유의 곁에 달라붙은 채로 반복되는 문답이었다. 유는 삼촌이 외우던 책의 내용을 근거로 항상 정정하고 답하는 쪽이었다. 그게 한이든, 다른 사람이든.

— 거기도 숲이 있어?

— 원래 지하가 아니었으니까, 있어.

— 그렇구나.

— 아니다. 정확히는 있었지. 많이 있었지.

비슷한 대화가 몇 번이고 다른 상대방과 진행되었던 기억이 생생하다. 삼촌은 터널 너머에 집이 있다고 말했다. 그런데 지금 세상엔 터널이 정의되지 않았으니 하수구와 지하만이 존재할 뿐이다. 역학 관계가 뒤바뀌었으므로, 책에서 본 집은 이제 현실의 좌표에 존재하지 않는다.

— 살아서 숨 쉴 수 있는 것들은 어디에나 있어. 그게 자연스럽고 당연하니까.

유가 이제는 숨 없는 자가 늘상 하던 말을 자신의 숨으로 옮겼다. 한이 질린다며 징그럽다는 표정의 이모지를 보내왔고 유는 곧바로 쏘아붙였다.

— 일이나 해. 더 알아낸 건 있어?

— 하고 있잖아. 지금까지 계속 말한 곳에 가봐.

그러더니 한은 지정된 진입로가 겹쳐 표시된 지하의 지도를 보내주었다. 그리고 반드시 지정된 진입로로 들어가라며 단단히 일렀다. 잘 알고 있는 사항이었다. 지하에 진입하는 모든 인원들은 관리자의 직간접적인 통제를 받았고 이를 벗어나면 목숨을 보장할 수 없었다. 사람뿐만이 아니었다. 지하로 향하는 모든 물자 역시도 관리받았다. 물은 물론 식량과 의약품, 전기, 기자의 취재 등 유무형의 모든 것들이.

— 공간은 그렇다 쳐도, 시간은?

— 가보면 감이 잡히겠지.

무책임하네. 유는 한숨을 쉰 뒤 지도를 가로지르는 푸른 경로의 끝에 위치한 남부 일대를 바라보았다. 지도는 간략화되어 숲이 그려져 있지는 않았지만 유는 근처에 뻗은 지형지물의 위치만으로도 그곳의 풍경—지금의 것은 아니었다—을 그릴 수 있었다. 그가 유능한 청소부인 이유였다.

— 사람은 없어. 시간에 따라 다르겠지만, 일단 지금은 없어. 그러니까 최소한…… 그 작전 이전의 시점으로부터 온 걸 거야.

묻고 싶었으나 확인받고 싶지 않았던 것을 한이 말했다. 묻고 싶었던 이유는 청소부로서의 윤리 때문이고,

확인받고 싶지 않았던 이유는 이미 알고 있는 역사였기 때문이다. 그러니 지금 사람이 없다는 한의 말은 틀렸을 것이다. 한에겐 진실이었을지라도 그러했다. 정보의 왜곡은 없었을 것이다. 다만 해석의 문제였다.

— 본사는 정말 알려줄 생각이 없대?

그러므로 그 작전, '카타스트로피'를 기점 삼는 시간 정보는 유에게 하등 쓸데가 없었다. 더 정확한 정보를 알아내야 했다.

— 그렇대. 그나마 공간 정보도 기록 뒤져서 찾아낸 거야.
— 정말 아무것도 안 알려주고 원인을 알아내라 한다고?
— 돈 없는 쪽이 많은 쪽한테 무슨 항의를 하겠어?

반발할 수 없는 논리에 유는 늘 그래왔듯 모든 가능성을 드잡이질하는 수밖에 없었다. 그래, 태생적으로 할 수 있는 일이 이거뿐이면 알아서 기어야지. 유는 허리에 넣어둔 권총을 꺼내 잠시 바라보았다. 오래되어 낡은 권총이었지만 청소부가 쓰기엔 적당했다. 그리고 한에게 물었다.

— 이번에도 방법은 똑같아?

— 굳이 말해줘야 해?

유는 한숨을 쉰 뒤 화면을 끄고는 단말을 구기듯 주머니에 넣었다.

낙엽은 나무가 만든다. 덧붙여 사람들은 꽤 간과하는 사실이지만, 나무는 살아 있다.

*

문제가 된 모델의 콘셉트는 이러했다. **이제는 사라진 곳의 시간을 느껴보세요.**

시공간을 초월하는 벌레 구멍은 총알 하나만이 겨우 통과할 수 있을 정도로 조그만 크기였다. 이는 희귀한 장소의 소리를 시공간적 무작위로 송수신하는 상업 모델을 위해서도 쓰였지만 역사를 바꾸는 데에도 사용되었다. 주요 인물을 사살하는 데에도, 그 흔적을 지워 처음부터 없었던 사람인 것처럼 만드는 일에도.

총알과 파동만이 그곳을 드나들 수 있었으므로 청소부도 그걸 이용했다. 그들에게 주어진 총알은 사살용이 아닌 분해용이나 전송용이라는 사실과, 발포 신호가 위치 정보와 함께 관리자에게 전달된다는 점만이 달랐다. 이유는 간단했다. 그들은 '시체 청소부'였으니까. 관리자가 만든 낙엽들을 청소한다는 의미였다.

한편 그들의 멸칭이 '청소부'가 되기 이전 그들의 오랜 상징은 붉은 초승달*이었다. 그러한 모욕 속에서 유와 같은 사람들이 그 이름을 받아들이고, 이 일을 계속하는 데에는 단 한 가지 이유가 있었다. 어떻게든 시신을 '수습'할 수 있는 유일한 일이었기 때문이었다.

모든 죽음의 흔적은 가족의 품으로 돌아가야만 했다.

다만 희롱당하는 어떤 죽음은, 흔적조차 남기지 않는 편이 차라리 나았다.

*

유는 하수구에 도착했다. 이 너머부터는 관리자인 한이 지정한 경로대로 움직여야만 안전을 보장받을 수 있었다. 비살상용 권총에 분해용 총알을 장전했다. 무생물에게만 작동하는 총알이었다. 한이 부러 남기지 않은 문장을 생각한다. 늘 *해왔던 대로.*

— 지금 진입할게.

스피커의 잡음 같은 일은 사실 청소부가 맡을 일이

* 적신월. 적십자 표장의 일종이다. 전쟁터 혹은 분쟁 지역에서 적십자 및 적신월 표장을 달고 활동하는 사람이나 사물에 대해서는 제네바 협약에 따라 어떠한 공격도 용납되지 않는다.

아니었다. 관리자 선에서 끝낼 수 있는 일이었음에도 굳이 청소부를 고용했다는 건, 그것도 유가 지하로 향했다는 건 이루 말할 수 없는 께름칙한 구석이 있다는 뜻이었다. 유가 당장 그 뜻을 헤아릴 수 없음에도 해야 하는 일임은 분명했다.

— 알았어. 끝나고 통신해.

— 뭐? 이번 작전에서는 통신도 끊어야 해?

— 가끔 있는 일이잖아. 별일 없을 거야.

아무리 지하의 통신이 관리자에 의해 통제받는들, 그 피고용인까지 통신을 차단하는 일은 드물었다. 유는 약간의 미심쩍음을 느꼈지만 반발한다 해도 바꿀 수 있는 사안은 아니었고, 그저 지금보다 조금 더 조심하면 되는 일이었다. 이내 단말의 통신이 오프라인으로 바뀌었고 유는 미리 내려받아둔 지도를 살피며 길을 찾았다.

지하의 곳곳에는 오래전—'그 작전'—관리자들이 버리고 간 지상의 물건들이 아무렇게나 나뒹굴고 있었다. 탄피는 예사스러웠고 불발탄이나 고장 난 총기 등이 발에 채이도록 가득했다. 카타스트로피는 이미 오래된 일이었음에도 여전한 쇳내와 화약 냄새는 그러한 풍경들이 자아낸 착각에 불과했을지도 모르겠다.

불행인지 다행인지, 하수구로부터 멀어질수록 작전

의 풍경은 흐려져갔다. 다만 듬성듬성 잔재했는데, 지도의 안내는 그러한 잡동사니를 포인트 삼아 그려져 있었다. 이에 변동이 생길 경우 지상에 보고하는 것도 지하로 파견된 청소부의 일 중 하나였다. 예를 들어 눈앞에 있는 '반파된 탱크'가 지도에는 '온전한 탱크'로 표시되어 있다던가 하면 틀림없이 알려야 했다.

지하. 이곳은 원래 지하가 아니었다. 하수구가 터널이었듯이. 지상과는 본래 수평으로 이어져 동등하게 햇빛이 닿는 도시였다. '지하를 모르는 이들'은 '하수구' 밑에 잿빛의 습한 하수도가 이어져 있으리라 믿곤 했지만, 이곳도 지상과 별반 다르지 않았다. 지하에도 숲이 있다. 산과 바다가 보이고 시장과 사원이 존재한다. 전부 꾸며낸 것이 아닌 원래 존재하던 채로.

중요한 건, 여전히 건재한다는 점이었다.

많은 사람이 카타스트로피가 지하를 궤멸했다고 믿었다. 타당한 일이었으며 마땅한 일이었다고 말했다. 바로 옆의 건물에 박힌 탄흔과 반쯤 무너져 내린 모서리가 이를 증명하는 듯 보이기도 했다.

그러나 현상이 곧 본질을 드러내지는 않는다. 이 풍경들이 말하는 진실이 궤멸은 아닐 거라고 유는 생각했다. 물론 그 생각을 한에게 말한 적은 없었다. 대단한 이유가 있는 건 아니었고, 그랬다가는 목이 날아갈 게 뻔하기 때문이었다.

유는 이런 식으로 '지하'에 진입하는 걸 달가워하지 않았고 그 이유는 몇 분을 나아가자마자 모습을 드러냈다. 유는 총을 집어넣고 오래된 적신월의 상징이 그려진 완장을 주머니에서 꺼내 들어 보였다. 그 상태로 양팔을 들었다. 무력의 의사를 포기하고 숨을 뱉었다.

"저 너머로 가야 합니다. 잠깐이면 됩니다."

눈앞의 이들에게서 적의가 사라지지 않았다. 익숙한 일이었다.

파괴를 피해 생존한 자들의 도시. 관리자인 한이 이곳에는 사람이 없다고 했다. 다만 쇠독수리와 관리자가 말하는 '낙엽'이 있을 뿐이었다. 여전히 말이 통하고, 여전히 옷을 입었고, 여전히 신의 가호를 받으며, 여전히 여자와 어린아이를 뒤로 숨기며, 여전히 위협에 투쟁하며 살아 있는 '낙엽'들이었다.

"해치러 오시 않았습니다. 이 길을 지나기만 하면 됩니다. 아무런 무장도 하지 않았습니다."

유는 낙엽의 말을 알았다. 그래서 유는 청소부로서 지하에 투입되기 더없이 적합했다.

"아무런 일도 없을 거라고 장담할 수 있습니다."

창백하게 갈등하는 저편의 시선에 유의 가슴이 욱신거렸다. 수없이 저편에서 들어왔던 말을 이제는 자신이 말하고 있었다. 무책임한 말이었다. 책임지지 않는 사람들이 뱉는 말이었다. 하면 그만인 말이었고 어떤 호소도 되지 못하는 말이었다. 그러나 이런 상황에서 어떤 말을 해야 하는지, 유는 그날을 앞두고 관리자에게서 들었던 이 말밖에 알지 못했다.

저편의 한 사람이 멀리서 유의 몸에 손가락질했다. 검지가 뻗은 직선에는 방금 막 총집에 집어넣은 유의 권총이 있었다. 영락없는 권총이었다.

"비살상용입니다. 보증할 수 있습니다."

유는 천천히 허리춤에 한 손을 뻗었다. 다른 한 손은 여전히 하늘을 향해 들어 올린 채 손바닥을 보이고 있었다. 수상한 움직임에 저편의 사람들이 술렁인다. 누군가는 고함치고 움직인다. 방향은 앞과 뒤가 섞여 있다. 유는 저들의 불안이 한계에 달하기 전에, 손바닥으로 총구의 방향을 틀어버린 뒤 검지로 방아쇠를 당겼다.

총성이 이어졌고, 아무도 쓰러지지 않았다.

천벌을 선고하는 듯한 우뢰 같은 소리가 지하에 울릴 뿐이었다. 유는 총구가 닿은 허벅지로부터 약간의 피가 옷에 스미는 걸 느꼈다. 치명적인 상처는 아니었다. 총알이 스쳤을 뿐이었다. 이 총알은 발포 시 관리자에게 신호가 전달될 뿐 생물에게 위력을 발휘하지 않았으니까. 그건 감수할 수 있는 손해였다.

위선과 기만으로 얼룩져 솔직함이 도움되지 않는 지하였기에 이 정도의 퍼포먼스는 필요했다. 유는 잇새로 아픔을 삼키고는 다시금 양손을 들어 올리고 손바닥을 보였다. 저들의 기세가 주춤거렸다.

"아무 일도, 없을 겁니다."

그 직후, 차마 지각할 수도 없을 정도로 빠른 무언가가 공간을 스쳤고, 지하에는 총성보다도 큰 폭음이 울렸다.

*

어렸던 유의 세상엔 고아가 흔했고 유 역시도 수많은 고아 중 한 명이었다. 많은 사람이 고아를 돌봤고 그 중 한 명이 유의 삼촌이었다. 지금 관리자를 자칭하는 그들은 삼촌을 '아말렉'이라고 불렀다. 유는 머잖아 그 단어의 의미를 알 수 있었다. 그래서 이해할 수 없었다.

그는 항상 자상했고 잘 웃는 사람이었다. 팔라펠을 먹고 웃을 때마다 입꼬리에 걸려 들썩이는 수염이 당신의 상징이었다. 그의 집에는 여느 사람들이 그렇듯 부모와 형제, 아내와 딸과 아들이 있었다. 언제나 그를 맞이할 가정이 있었고, 삶을 사랑하며 부당함에 분노하고 고통에 슬퍼할 줄 아는 평범한 이였다. 사람. 평범한 사람이라는 말만큼 그에게 어울리는 말은 없었다.

삼촌은 매일 아침 시내로 나가 장을 봐왔다. 어느 날이든 그의 딸이 장바구니를 들고 귀가하는 삼촌을 길에서 맞이했다. 삼촌은 언제나처럼 짐을 바닥에 내려놓고 양팔을 벌려 자신을 향해 멀리서 달려오는 어린 딸을 환영했다. 그러던 어느 날 하늘을 돌아다니던 전투기가 죄 없는 아이를 향해 폭탄을 떨어트렸다. 그는 굉음에 귀가 먼 채, 파편에 피투성이가 된 채 까맣게 타버린 구덩이로 허망하게 다가갔다. 피 한 방울을 비롯해 어떤 흔적도 남아 있지 않았다. 이후 그는 주기적으로 자리를 비웠고 주도적으로 소리쳤다. 그때마다 당신의 옷에는 선혈이 얼룩졌다.

유는 언젠가 볼록하고 길게 늘어진 하얀 천들의 행렬에서 삼촌을 만났다. 그 얼룩에 대고 누구의 피냐고 물었다. 삼촌은 자신의 것은 아니라며 드물게 얼버무렸다. **그렇다면 눈앞의 시체들로부터 나온 걸까, 저들을 죽인 살인자로부터 나온 걸까?** 유는 그가 죽어 마땅한 사람이었느냐고 물었다.

삼촌은 죄를 저지르지 않은 사람에겐 벌이 찾아오지 않는다고, 그래선 안 된다고 말했다.

사람이 죽어 마땅한 죄라면, 사람을 죽이는 죄밖에 없지 않느냐고 유는 되물었다.

대답이 기억나지 않는다. 삼촌이 외우던 책은 그렇다고 말한 것도 같았으나, 삼촌의 대답은 이제 영영 모른다. 인간과 죄를 규정하는 기준이 결국 넘실대는 피바다 위에서는 너무나 빈약하고 초라했다.

신의 이름으로 세상에서 지워져야만 하는 벌은 얼

마나 무거워야 하는 걸까?

신의 뜻은 얼마나 합당한 걸까?

고하는 건 신이되 받아들이고 행하는 건 인간이 아닌가?

'그 작전'이 단 한 번 특정적인 시기에 일어났다고 대다수가 믿는 것과는 다르게, 우리에게 그러한 일들은 항상 현재진행형이었다. 언제 시작되었는지도 모르지만 언제나 끝을 기도하는 성질의 것이었다.

먼 옛날, 그들은 인간 동물을 청소할 뿐이니 자신들에겐 죄가 없다고 말했다.

이후에, 삼촌은 이 모든 것이 잘못되었다며 자신에겐 죄가 있다고 말했다.

우리의 죽음을 두고, 왜 그들은 기뻐하는 걸까? 왜 우리는 슬퍼하는 걸까?

정녕 우리가 죄인이라면, 우리도 함께 신의 품에서 웃을 수 있지 않겠는가?

*

자신이 나고 자란 곳을 사랑하고 마는 건 사람의 숙명이었다. 아무리 그곳에서 비상식적이고 잔혹한 일이 벌어진들 지키고 싶어 하는 것이 본성이었다. 그곳에 모든 게 있었으니까. 추억, 슬픔, 가족, 형제, 친구, 민족 그리고 집이 있었으니까. 그건 고향을 떠나도 변하지 않는 사실이었으니까.

어렴풋한 시상(時狀)에 마찬가지로 길게 늘어진 시상(屍牀)이 아른거린다. 그러니 이 풍경은 사랑하는 곳을 떠난 죄의 표상이었다. 기억으로부터 뇌가 꾸며낸 환상이었다. 사실과 현실과 진실이 아닌 것임이 분명했다.

우리는 역류해야 해.

거짓임을 알면서도 나아가야 할 때가 있다. 완전히 끝맺은 적 없는 꿈이었다. 꽤 여러 차례 보아왔던 길의 모습이다. 곧 시상에 시신이 삐뚤빼뚤 놓인다.

차곡차곡 쌓아서 그 바깥으로 나와야 하는 거야.

목소리는 드물게 익숙하다. 익숙한데 특정할 수 없다. 반복되는 꿈에서 반복되는 말들이다. 계속해서 하얀 천으로 가리워진 시신들이 길의 양옆에 쌓인다. 건물이 가려져 보이지 않을 정도다.

그들이 지우는 잡동사니를 보여주는 거야.

시상의 끝에 당신이 있을 것이란 기대에 계속해서 나아간다. 하얀 천이 붉게 물든다. 쇳내가 난다. 하늘이 주황빛으로 물든다. 연기가 사방에서 피어오른다. 비명 사이에 사이렌은 들리지 않는다. 빛이라곤 모든 걸 집어 삼키는 살벌한 불꽃이 유일하다.

휩쓸어야 해.

이번만큼은 환상에 끝이 있기를 고대한다. 당신의 기도 소리가 가까워진다. 사방에 비가 내리고 빗방울은 폭발한다. 빛이 닿는 곳에 손을 뻗어본다.

존재 자체가 저항이야.

그리고 세상은, 늘 그래왔듯 무너져 내린다. 불타고 녹아내리고 흩어져 산산조각 난다. 무엇도 남지 않도록. 무엇도 찾을 수 없도록.

유는 꿈의 기원을 안다.

유는 그날 떠난 삼촌의 마지막 말을 알지 못했다. 삼촌의 시신도 확인하지 못했다. 그래서 유는 삼촌이 죽었는지 살았는지 알지 못했다. 알지 못해 하나의 가능성을 부정한 채—다만 생존 여부만큼 유언조차 확실치 않아서, 당신이 무엇을 좇았는지 유는 알지 못해서, 그 자체를 부정하고—이렇게나 어중간한 일을 하고 있었다. 무엇 하나 제 손으로 이룬 것 없이 신과 운명을 의심하고 시신에 총을 겨누는 일만을 하며 살아왔던 것처럼.

창문 틈으로 한기가 스미듯 정신이 이어진다. 눈꺼풀을 움찔거리자 차가운 액체가 각막을 적셨다. 미약하지만 또렷한 감각이었다. 그 외엔 아무것도 느껴지지 않았다. 조금 더 집중한다. 비……. 비가 오고 있었다. 아, 이곳은 지하니까, 이건 지상의 비가 흘러들어온 결과일 것이다. 그러니까, 이대로라면 역류하겠지. 낙엽이 틀어막아서…… 낙엽이…… *어디를? 무엇을?* 아무 일도 없을 거라고 말했잖아. *누가?* 내가. 내 입으로. 내 의지로.

유가 익히 알고 있듯, 하수구를 끝내 막아버리는, 잔해를 이루는 것의 대부분은 낙엽이 아니었다. 낙엽은 그보다 몇 배의 몸집을 가진 철골과 자갈에 묻혀 좀처럼 그것들이 살아 있었음을 추정할 수 없었다. 탁한 지하의 공기에 화약 냄새와 쇳내가 짙게 풍겼다. 붉게 녹슨 철골의 것인가 싶었지만 녹은 보이지 않았다. 붉게 녹슨 것은 그 밑에 파묻힌 낙엽이었다. 잔해가 미처 감추지 못한 것은 붉게 녹슨 동물 인형과, 붉게 녹슨 사람의 작고 어린 손이었다.

대체 **무슨 낙엽**을 치우라는 건지.

— 유, 무사해?

— 네 이동 경로에 폭격이 감지됐어.

— 빨리 대답해. 괜찮아?

충격을 감지한 단말이 텍스트를 음성으로 자동 전환하여 읊는 듯했다. **흐릿하게 흩어져선 응축되지 않는 오감이 현실과 환각의 경계를 흐리게 했다.** 웅얼거리고 울린다. 유는 가까스로 무언가에 집중을 기울였다.

— 상황이 안 좋아. 지하를 쓸어버릴 작정이야. 그들이 메시지를 먼저 해독한 것 같아.

식상한 결말로 향하는 뻔한 사건이었다. 밝혀져선 안 되는 그 웅얼거림의 내용. 지워져야만 하는 발화자의 정체. 그걸 위해 투입된 자신. 신호가 추적되는 총알. 천박할 정도로 수준 낮은 퍼즐이 너무나 잘 들어맞았다.

— 감추려고?
— 없애버리려고. 살고 싶으면 당장 빠져나와야 해.

저건 관리자라는 새끼가 뭔 청소부를 챙기려 드는 건지 모르겠다. 아니, 너도 모를 리가 없잖아? 모르는 척하는 거잖아. 전부 적나라한 현실이잖아. 아는 것, 알고 있던 것, 알게 된 것…….

— 알 것 같아.

무작위의 시공간을 지나는 스피커가 그때 가리켰던 시공간 좌표. 이 기구한 상황에 들어맞는 좌표라곤 단 하나밖에 없었다. 유였기에 알 수 있었다.

— 숲에 가야 해.

이대로라면 죽을 거라는 미래를 알면서도, 그들이 하나의 진실을 감추려 하는 것이라면……. 유는 또렷이 들어야만 했다. 그게 당신의 삶도 죽음도 외면해왔던 자신의 속죄라고 생각하며 유는 소리 없이 이를 갈았다.

— 무슨 헛소리를 하는 거야?

— 채널 바꿔.

— 뭘? 이 사달에?

— 잔말 말고 바꿔. 송신 대상은 내 채널로 해.

그리고 들려줘야 했다. 모르는 이들에게, 모르는 척하는 이들에게 전해야 했다. 그들의 참회와 단죄를 바라는 것이 아니었다. 구조와 구원을 바라는 것이 아니었다. 그것들은 너무나 사치스러워서, 유가 할 수 있는 일은 그저 알리는 것뿐이었다.

— ……수신은?

— 문제가 발생한 스피커 모델 전체로. 가능하다면 더 많은 활성 스피커로.

이곳에 사람이 살았고, 살고 있으며, 살게 될 거라고.

*

모든 민족은 자결권, 즉 정치적, 경제적, 사회적 미래를 스스로 결정할 권리가 있다.

오래된 말이다. 쇠독수리와 관리자가 외면하는 말이다.

식민지주의, 외국 점령 및 인종적 폭정에 대항하는 무장 항쟁을 포함하여, 합법적 권리를 달성하기 위해 투쟁하는 사람들은 보호받을 권리가 있다.

오래된 이야기다. 고난과 핍박과 학살의 이야기다.

따라서 독립과 자결을 달성하기 위해 노력하는 저항운동에는 이를 위해 투쟁할 합리적이고 합법적인 권리가 있다.

오래된 고독이다. 삶을 파괴하는 그들을 죽일 수밖에 없었던 사람들의 고독이다.

눈앞의 생명들이 무참히 꺾이는 순간에조차, 우리는 항쟁해선 안 되는가?

*

유는 알지 못해도 곤란을 주지 않고, 안다 해도 이득을 주지 않는 일들과 가까웠다. 신이 이끄는 운명이 존재한다면 유는 그러한 일들과 맞닿을 수밖에 없는 운명을 타고났다. 그렇다면 결국 지금에 유를 이끈 것조차도 신의 뜻이었을까? 그 모든 일들이 지금을 위한 것들이었을까? 유는 운명을 믿지 않았다. 하지만 이건, 겸허히 받아들일 수 있는 일이었다.

이곳은 항상 따뜻하다. 몸이 식어간다는 감각조차 들지 않는다. 공기조차 다정하다. 그 매캐한 냄새가 아니라 차고 넘칠 듯한 온기가 자애롭다. 발을 디딜 때마다 꿀렁이는 동맥을 허벅지에 박힌 파편이 막고 있다. 마지막으로 생긴 시신을 비켜 걷는다. 폭심지로부터 멀어질수록, 그곳에 가까워질수록 풍경은 보다 황폐해진다. 바람에 모래가 섞이기 시작하면 발은 고운 입자의 대지에 포근히 닿는다. 메마른 풍경에 겹쳐진 시간이 재생된다. 그다지 높다고는 못할 평범한 건물과 길가에 차려진 시장과 상인과 시민과 아이들을 본다. 가게에서 달큼한 쿠나파의 냄새가 풍긴다. 서로 다른 말소리가 섞여 조화로운 화음을 자아낸다. 변하고 말았던 그 시대가 살아 있다. 여전히.

큰길을 따라 계속 나아가면 작은 숲이 나온다. 나무

를 비집고 솟은 자그마한 모스크가 있다. 제대로 지어지지 못해 초라한 외형은 중요하지 않았다. 누구나 편안히 머물 수 있는 집이라는 점이 중요했다. 사방이 뚫려 비를 간신히 막을 뿐인 구석으로 향한다. 삼촌이라면 그곳에 있을 확률이 높았다.

시야에 동전 크기의 검은 구멍이 보이자마자 이내 환상은 깨어졌다. 유는 아무것도 없는 사막 한가운데에 서 있었다. 벌레 구멍 너머로부터 숲의 나뭇잎이 바람에 부대끼는 소리가 들려왔다. 유는 구멍에 눈높이를 맞추고 주저앉아, 원래 설치되어 있던 마이크를 걷어차버린 뒤 한이 알려주지 않은 시간대로의 조정을 행했다. 그리고 당신에게 보다 가까운 위치로 구멍을 이동시켰다. 곧 햇빛이 쏟아지는 소리 사이로 인자한 목소리가 들려왔다. 유는 자꾸만 맥없이 풀리고 마는 손아귀로 단말의 마이크를 가까스로 구멍에 향했다. 세상에 소란을 불러왔던 소음보다도 또렷한 음성을 인식한 단말이 텍스트를 채널에 띄웠다.

……우리는 신의 도움을 빌려 이 모든 것에 마침표를 찍겠다는 결단을 내렸습니다……. 천사들이 선봉에 나서 여러분과 함께 싸울 것입니다. 신은 말에 올라탄 천사들을 원병으로 보내 여러분들에게 한 약속을 이행할 것입니다…….

그는 주기적으로 자리를 비웠고 주도적으로 소리쳤다. 그때마다 당신의 옷에는 선혈이 얼룩졌다. 유는 피의 주인이 누구냐 물었고, 삼촌은 명확히 답하지 않았다. 그는 왜 진실을 감추려 했던 걸까. 사실은 피를 감추고 싶어 했던 것일지도 모르겠다. 어떻게든 그 모든 것들이 올바르지 않다고 당신은 말했다.

유년 시절의 유에게 익숙한 것은 없었다. 계속해서 바뀌는 환경, 상황, 가족에 마음을 붙일 수 없었다. 어느 순간부터는 슬퍼하기도 지쳐 외면하기 시작했다. 그러니 이런 곳에서 죽음에 무뎌지지 않을 수 있었을까. 그래서 당신은 당신의 목숨마저도 익숙한 지옥에 내던지며 저들의 죽음을 바랐던 걸까. 당신은 살인자였을까, 심판자였을까.

……오늘은 거대한 반란으로 세상에 남아 있는 마지막 점령과 마지막 아파르트헤이트 체제를 종식할 날입니다…….

모든 악의 마지막 종착지. 이곳이 해방된다면 전 지구가 해방된다는 말이 있었다. 유는 그 말이 사실이기를 바랐다. 구멍 너머에서 어렴풋이 환호가 들려왔다. 전투기 소리 같기도 했다. 끊이지 않는 폭음이거나 군화가 땅을 구르는 소리 같기도 했다.

……오 정의로운 사람들이여, 신의 책을 모조리 암기하는 이들이여, 오 서고 무릎 꿇고 엎드려 금식하는 예배자들이여, 모스크와 예배당에 모여 신에게 돌아가 그분께 저들의 죽음을 우리 앞에 내려달라고, 당신께서 신뢰해 마지않는 천사들을 우리에게 보내달라고, 해방된 이곳에서 기도하는 우리를 통해 당신의 희망을 실현해 달라고 간청합시다…….*

이윽고 총성이 들려온다. 누군가 쓰러지고 고함과 비명이 몰려온다. 휩싸이는 잡음에 더 이상 삼촌의 목소리가 들려오지 않는다. 대신 수많은 이가 외치는 구호가 어렴풋이 일렁인다. *……강에서 바다까지…… 이곳은 해방되리라…….* 계속해서 이어지고 멀어지고 넘실대는 군중의 목소리 너머에서 유의 의식이 흐릿해져갔다. 유는 단말을 던져버리고 떨리는 숨결로 구멍에 눈을 맞추었다. 스스로의 피로 물들어 쓰러진 삼촌의 모습이 보였다.

그리고 유는 알 수 있었다. 그렇게나 감추고자 했던 저 기도는, 저들의 죽음을 바라는 기도가 아니라 우리의 삶을 바라는 기도라는 걸. 그리고 이다음에 카타스트로피가 시작되고, 삼촌은 흔적도 없이 사라지고 만다는 걸.

---

* 질베르 이슈카르,《이스라엘의 가자 학살》, 팔레스타인 평화 연대 옮김(리시올, 2024), 62~64쪽에 번역되어 수록된 무함마드 알-데이프의 음성 메시지의 변형.

그러니 유는 총알을 바꿔야만 했다. 시신조차 찾지 못해 생사를 확인할 수 없던 삼촌의 마지막 흔적을 가족의 품으로 돌려보내야만 했다. 어렸던 자신의 앞으로 보내야만 했다. 그래야 자신이 삼촌의 뜻을 이해할 수 있을 것이다. 당신의 옷에 남아 있던 핏자국이 누구의 것이었는지 확인할 수 있을 것이다. 누가 죽어 마땅했는지, 누가 살인자인지 알 수 있을 것이다.

그러니 그것은 하수구 아래를, 아니, 터널 너머를 들여다보지 않는 자들에 대한 발로였다.

마지막 선물

151 〔양 박사님. 그간 잘 지내셨나요?〕

백영 박사입니다. 오랜만에 연락드리네요.

뭐, 어차피 답장은 주시지 않을 거라 생각하지만요. 당신께서는 그때부터 줄곧 그러셨으니까요.

그래도 일단 편하게 적어볼게요. 귀찮게 격식 차릴 사이도 아니고, 메일도 확인하지 않을 거잖아요, 그렇죠?

어젯밤에는 뜬금없이 밤하늘이 빛나면서 대기가 찢어지는 듯한 소리가 나더군요. 그것도 잠시였고, 얼마 지나지 않아 근처에서 질량체가 지면에 강하게 충돌하는 소리가 났죠. 무언가 와장창 깨지는 소리도 났고요. 1층으로 내려가니 뒷마당과 맞닿은 창문이 깨진 채 바람이 휑 불고 있더라고요.

제가 가평 산다고 말씀드렸던가요? 아마 그랬던 걸로 기억하는데요. 그 소란이 얼마나 컸던지 저녁 뉴스에서 가평 운석 추락 사건을 다루더군요. 네, 창문 바깥에서 열기를 뿜어내는 듯한 검붉은 물체는 운석이었어요. 우주에서 온 물질이었죠.

운석은 제 사유지에 떨어졌어요. 거창하게 말했지만 저희 집 뒷마당에 떨어졌다는 소리죠. 얼마간은 연구소니 대학이니 하는 곳에서 와 한참을 두들기고 캐고 하더니 결국엔 다 떠나고 정체 모를 덩어리만 덩그러니 남더라고요. 사유지에 떨어졌으면 이것도 사유 재산이라고. 그래봐야 제가 운석에 대해 뭘 알겠어요. 내다 팔면 값이라도 천문학적이겠지만 일단 귀찮았어요. 제 성격 아시잖아요. 욕심 없는 거.

이거도 운명이라면 운명이겠다 싶어 뒷마당에 방치해두고 있었어요. 짧은 기간이었으니 풍화되지도 않았고, 몇 달을 그대로 있었죠. 굳이 변화를 찾자면 빗물에 흙먼지와 그을음이 씻겨 내려갔다는 점 정도겠네요. 그 외엔 정말로, 건드리지도 않았어요. 움직이지도 않았고 치울 생각도 없었어요. 보기보다 무거웠거든요. 고작 그거 하나 구석으로 치우겠다고 중장비를 부르기에는 주객이 전도된 것 같았고요. 아무튼 그래서 그냥 그대로 냅뒀죠.

그런데 어제 퇴근하면서 보니까 이게…… 정말 제가

적는데도 무슨 일인가 싶네요. 그 돌덩이가 쩍, 반으로 갈라져 있는 거예요. 도둑이라도 들었나 싶어 잠깐은 무서웠죠. 근데 도둑이 겉으로 봐선 돌멩이랑 다를 바 없는 운석을 굳이 반으로 쪼갤 이유가 있을까요? 덜덜 떨면서 경찰까지 불러봤지만 집 안엔 그 어떤 침입 흔적도 없었어요.

정말 믿고 싶지 않았지만…… 그건 명백히 스스로 쪼개진 거였어요. 퍽 매끄러운 절단면이 이를 증명했죠. 인위적이었어요. 지극히. 사람이 쪼갰다는 뜻이 아니라, 의도된 단면 같았어요. 외부 충격에 의해 깨진다면 그렇게 깔끔히 잘릴 수가 없었을 거예요. 결을 따라 잘린 게 아니라, 결에 대해 수직으로 잘린 듯한 단면이 보였거든요. 자연적으로 나올 수 없는 단면이었어요.

이 정도만 해도 충분히 충격적인데, 다음 이야기를 들으면 더 기절초풍하실걸요.

*

〔**안녕하세요, 백영입니다.**〕

죄송합니다. 어제 갑자기 업무 메일이 오는 바람에 임시 저장을 누른다는 걸 발송을 눌렀나 봐요. 오늘에야 알았네요.

그래도 여전히 박사님께선 확인하지 않으셨네요. 답장도 없고. 박사님의 무응답이 다행이라고 느껴지는 날이 올 줄은 몰랐어요. 새삼스럽네요.

아무튼, 오늘도 지난 이야기에 이어서 말씀드리려 하는데요.

혹시 아보카도 잘라보신 적 있으세요? 반으로 자르면 씨앗이 박힌 면이 볼록 튀어나와 있잖아요.

그래서 그 운석…… 돌덩이가 스스로 쪼개졌다고 말씀드렸죠. 그 검은 단면의 가운데에는 조그만 회색질의 정육면체 절반이 뾰족하게 튀어나와 있었어요. 그 반대편엔 정육면체가 있었던 반쪽이 움푹 파여 있었고요. 마치 아보카도 단면처럼요.

처음엔 결정인가 싶었어요. 근데 위치가 너무 정확한 중심이었죠. 그리고 결정이라면 주변에도 소결정이 자라나 있어야 했는데, 없었어요.

완벽히 인공적으로 중심에 박아 넣은 모양새였죠. 누군가가 어떻게든요.

전에 조사 나왔던 연구소에 다시 연락해야 하나 싶었어요. 가이거 계수기를 가져다 대도 방사선 반응은 없었어요. 나뭇가지로 건드려봐도 멀쩡했죠. 열화상 카메라를 구해 온도를 재봐도 상온과 같았어요. 어떤 물질인지는 모르겠지만, 반응이 없으니 위험도 없으리라 생각했죠.

보급형 엑스선 투영기를 통해 내부를 봐도 별거 없어 보였거든요. 뭔가 복잡하게 얽히고설킨 구조가 보이긴 했지만……. 내부도 외피와 같은 물질로 이루어져 있었어요. 빛의 투과도가 같았거든요. 외피와 같은 하얀빛. 그러니까, 투영기로 봤을 때요.

그래서 어떻게 됐냐고요?

그 정육면체는 지금 제 책상 위에 있어요.

걱정 마세요. 폭발 장치 같은 구조는 보이지 않으니까. 아예 전자가 흐를 만한 구조 자체가 관측되지 않아요. 이 정육면체 자체가 전도성 물질이라면 모를까. 그래도 회로 구조가 보이진 않아서 다행이네요. 아, 혹시 제가 모르는 회로 구조가 있는 걸까요? 그렇지 않기를 바라야겠는걸요.

오늘은 이만 줄일게요. 아직 해가 밝게 떠 있네요. 좋은 하루 되세요.

백영 드림.

*

〔안녕하세요, 양 박사님.〕

그 운석, 아니 정육면체 때문에 메일을 보내는 것도 세 번째네요. 여전히 제 메일은 확인하지 않으시고요. 어쩔 수 없죠. 당연한 일이라는 걸 알아요. 제가 왜 이러고 있는지도 모르겠네요. 근데 운석이잖아요. 외계에서 왔을지도 몰라요. 어쩔 수 없이 양 박사님 생각이 났어요.

일단 그 정육면체에 이름을 붙여봤어요. 상자.

별로라고 생각하실지 모르겠지만, 간단하니 좋잖아요?

상자의 한 변은 10센티미터 안팎이에요. 정확히는 10.25센티미터. 충분히 단단한 회색 금속의 외피로 둘러싸여 있고, 투영기에 뜬 광투과도로 미루어보아 내부 역시 외피와 같은 물질로 이루어진 것 같아요. 그리고 마주 보는 두 면의 중심에 작은 구멍이 하나씩 있어요. 같은 직경으로요. 깊이는 모르겠어요. 구멍이 너무 작아서 볼 수가 없거든요. 하지만 투영기로 어림잡은 외피의 두께로 미루어보아 많이 깊어 보이진 않았어요. 내부와 연결된 것 같았거든요.

송곳이 들어갈 것 같진 않은데, 샤프심은 들어갈 만

한 크기예요. 근데 이 구멍의 용도를 도무지 모르겠네요.

그런데 진짜 문제는 그게 아니에요. 구멍은 사소한 거고요.

상자의 외피가 충분히 두꺼워서 샘플을 취할 수 있었어요. 그리고 간이 구조 분석기에 넣었죠. 단일 물질로 이루어져 있다는 결과가 먼저 떴어요. 그리고 원소 분석 결과가 떴죠. 질량수까지 파악할 수는 없는 간이 모델이라 원자번호만 추정할 수 있었지만.

하여튼 그게 뭐였을 것 같아요?

원자번호 91번, 프로탁티늄이었어요.

제가 어쨌을 것 같아요? 당장 자리에서 벗어나 집 바깥으로 뛰쳐나갔죠. 그런데 정신없이 피폭을 걱정하고 있자니 이상하더라고요. 가이거 계수기는 분명 책상 옆에 바로 놓여 있었어요. 프로탁티늄은 어떤 동위원소도 안정하지 않잖아요. 일단 프로탁티늄이라면 방사선을 내뿜어서 계수기가 반응해야 정상이라고요. 그런데도 계수기는 조용했어요. 처음 발견했을 때부터 지금까지 계속. 혹시 고장 난 건가 싶어 차폐해둔 '진짜 방사성 동위원소'인 우라늄-235 샘플에 가져다 댔을 땐 또 요란하게도 울리더군요.

양 박사님, 정말 인정하기 싫었습니다.

그 상자는 붕괴하지 않는 프로탁티늄으로 만들어져 있어요.

차라리 새로운 안정 동위원소라고 믿고 싶었지만, 그게 가능한가요? 양성자 수가 이만큼 큰 원소들은 안정된 핵을 가질 수 없다고요.

심지어 프로탁티늄은 자연계에서 이렇게 순수하게 다량으로 발견될 수 없잖아요.

이게…… 있을 수 있는 일인가요?

모든 상황이 의문스럽지만 일단 더 지켜본 뒤 다시 연락드릴게요.

몸조심하세요.

백영 드림.

*

〔안녕하세요, 양 박사님.〕

제대로 된 구조 분석기를 구해서 원소의 질량수까지 알아내봤어요. 235짜리로 99.999퍼센트였어요. 시료

기준으로요. 질량수가 231보다 큰 프로탁티늄은 베타 마이너스 붕괴를 통해 우라늄-235로 붕괴해요. 핵연료로 쓰는 그 우라늄이요. 그런데도 가이거 계수기는 조용했어요. 점점 더 현실을 믿을 수 없더군요.

혹시 몰라 새로운 가이거 계수기를 구해봤는데요. 이제 제 책상에는 한 쌍의 조용한 계수기가 있을 뿐이네요. 우주에서 온 프로탁티늄 상자하고요.

분석기가 잘못된 건 아닌가 몇 번이고 의심했어요. 연필심을 갈아다 넣고 탄소와 약간의 불순물이라는 결과를 일곱 번쯤 보았을 때 인정했어요. 분석기는 잘못이 없었어요. 제가 결과를 잘못 읽은 것도 아니고요. 잘못된 건 저 상자였죠. 세상에, 붕괴하지 않는 방사성 핵종으로 이루어진 상자라니. 그런 물성이 존재할 수 있다니.

이 이상 물성을 의심하는 건 아무 의미가 없었어요. 아무튼 저게 프로탁티늄이고, 왠지는 모르겠지만 안정하다면 당장 위험할 건 없는 거겠죠. 아무리 뒤숭숭해도 할 수 있는 게 없었어요. 저는 일단 계수기와 분석기를 책상에서 치웠어요. 이 이상 필요는 없겠죠.

그렇다면 저 수수께끼의 구멍을 어떻게 좀 들여다봐야겠어요. 다행인 건 양 박사님이 없는 동안 탐사의 영역이 보다 넓어졌다는 거예요. 거시적인 스케일이 아니라, 미시적인 스케일로 말이에요. 기술의 발전이 반드시 거대한 방향으로 향하는 건 아니죠. 중시계 스케일의 미세 탐사 로봇, 들어봤어요? (뭐, 샤프심 직경보다 크다면 충분히 거시적인 스케일이지만 말이에요.)

제 직감이 속삭였어요. 투영기로 봤을 때 반짝이던 선들의 집합이 이상하다고. 투영기의 최소 해상도는 10마이크로미터 스케일이거든요. 그것보다 작아서 가늘게 반짝이는 구조라고요. 이건 충분히 거시적이면서, 미시적이에요.

네, 대충 어림잡아 중시계죠.

중시계는 아시죠? 아, 이 중시 로봇 만들어지기 전까진 생소한 분야였으니 모르시려나. 요약하면 양자역학이 지배적인 미시계와 고전역학이 지배적인 거시계의 중간에 위치한 스케일이에요. 영어로는 Micro와 Macro 사이의 Meso. Mesoscopic. 중시계는 이쯤하면 됐고, 제가 탐사에 이용하려는 게 바로 중시 미세 탐사 로봇이에요. 이건 이름에서부터 감 오시죠?

나노로봇이야 익숙하시겠죠. 이건 몇십 년도 더 된 분야이니. 하지만 그동안의 나노로봇을 통틀어 미세 로봇이라 불렸던 것들은 지금까지 단순한 임무를 수행하는 데에서 그쳤어요. 그저 움직이는 게 전부였죠. 아니면 '로봇'이라 부르기 무안할 정도로 단순한 구조거나요.

제가 말씀드리려는 것은 정말 '로봇'입니다. 카메라와 센서가 달려 있고, 원격 조종이 가능하며 그에 따른 간단한 동작을 수행하는 전자 및 기계공학의 산물이요.

중시 미세 탐사 로봇은 21세기 중반에 중시계 영역으로 들어선 반도체 소자의 수리를 위해 고안된 로봇이에요. 정확한 크기는 기억 안 나는데 아마 100나노미터, 그러니까 0.1마이크로미터 정도였나? 고작 원자보다 1,000배쯤 클 거예요. 엔지니어가 로봇을 통해 소자를 탐사하고 조종해서 원자 몇 개 폭에 불과한 회로를 수리하는 등의 고정밀 작업을 수행하는 로봇이죠.

핵심은 중시계 환경에서도 이 녀석만큼은 고전역학적 존재 확률을 유지한다는 거예요. 뭐, 양자 어쩌고 통신 덕분이랬나. 자세히는 모르겠네요. 저는 양 박사님의 연구실 동기라 그쪽 분야엔 무지하니까요. 어차피 우리가 모든 기술을 알고 쓰는 건 아니잖아요.

와, 그러고 보니 양 박사님도 양자역학도 같은 양 씨

인데 접점이 없다는 건 좀 놀랍네요.

죄송해요. 꼭 해보고 싶었던 농담이었어요.

아무튼, 재밌는 건 이게 '무선 조종'이라는 특징 하나 때문에 대중에까지 그럭저럭 보급이 됐다는 거거든요. 전자고 기계고 전혀 상관없는 저조차도 살 수 있으니까요. 특히 교육용으로 인기가 많아요. 이런 게 있는데 현미경이 더 이상 어떻게 새롭겠어요? 게다가 소모품이긴 해도 반영구거든요. 값은 좀 나가지만 말이에요.

뭐, 그걸로 상자의 구멍에 들어가보려 해요. 그 내부를 탐사해보려고요. 그 상자에 남은 미지라곤 그것밖에 남아 있지 않으니까요.

어쩌면 '외계 문명' 같은 걸 관찰할 수 있을지도 모르겠네요. 그 편린이거나.

중시적인 외계 문명이라니, 재밌지 않아요?

새로운 걸 발견하면 연락드릴게요.

백영 드림.

*

〔양 박사님, 이거 외계에서 온 것 같아요.〕

대뜸 무슨 헛소리냐고 생각하시겠죠. 분명 내부 구조를 탐사하러 간다고 해놓곤 무슨 근거로 이런 소릴 지껄이는 건지 난감하시겠죠.

아뇨, 이건 확실해요. 대기권과 확실히 마찰하며 냈던 그 소리와, 저희 집 유리창을 깨부순 충격파로 미루어 볼 때 이건 우주에서 온 게 확실해요. 그런데 외계는 무슨 소리냐면요.

죄송해요. 너무 흥분해서 글이 자꾸 흩어지네요. 다시 천천히 말씀드릴게요.

중시 미세 탐사 로봇…… 앞으론 그냥 로봇이라 부를게요. 아무튼 로봇을 배송 받자마자 그걸 들고 상자 앞에 앉았어요.

로봇은 화학 비활성 액체가 담긴 마이크로튜브 속에 담겨 있더군요. 너무 작으니까 잡아서 옮길 순 없으니, 그 액체를 타깃에 주입하는 방식으로 사용하거든요. 조작부를 이용해 신호를 내보내면 액체에 들어 있는 휘발성 나노입자가 로봇의 신호에 공명해서 색이 바뀌어요.

그걸로 로봇이 제대로 주입됐는지, 어디에 있는지, 튜브 속 물방울에 남아 있진 않은지 확인할 수 있는 거죠.

저는 집에 있는 가장 뾰족한 피펫 팁을 피펫에 꽂고, 마이크로튜브 안의 액체를 상자의 구멍으로 주입했어요. 아, 반응성은 걱정하지 마세요. 화학 비활성 액체기도 하고 외피에 미리 테스트도 해봤거든요. 신호를 보내니 마이크로튜브와 피펫 팁에 남은 물방울에는 색 변화가 없었어요. 로봇이 상자 안에 성공적으로 주입된 거죠.

조작부의 디스플레이를 큰 모니터에 연결했어요. 그리고 전원을 켜니까요. 우와.

저는 중시계가 그렇게 아름다울 줄은 몰랐어요. 흑백 화면인데도 충분히 아름다웠어요.

미지의 세계는 원래 경이로운 법이라지만 이건 경이라는 단어로는 모자랄 지경이더군요. 조작을 익히는 데 조금 애먹었어요. 분명 조작했는데 아무 반응이 없고, 로봇이 뒤집혀 있는 걸 알아채고 다시 되돌리기까지 40분이나 걸렸어요. 하긴 저는 운전 면허 따는 데만도 쩔쩔맸었고, 워프드라이브 면허도 없잖아요?

거시계와 미시계가 공존하는 중시계에서는 모든 행

동이 조심스러웠어요. 특히 이 로봇을 사용할 때는 더욱요.

특수한 통신으로 인해 로봇의 주변에는 물질의 존재 확률이 고정돼요. 그 덕에 중시 영역의 전자 소자를 수리할 수 있는 거고요.

한 발자국 내딛을 때마다 지면이 생겨나는 느낌이었어요. 동시에 한 발자국 떼어낼 때마다 지면이 사라지는 것 같았죠. 그럼에도 분명히 지면은 존재한다는 걸 알 수 있었어요. 로봇이 딛을 수 있는 상자의 내면은 확실히 존재했어요…….

으, 얘길 꺼낸 건 저지만 양자역학의 존재론적 논의는 이제 지겨우니까 더 하지 않도록 해요. 저도 그만할게요. 머리 아프니까요.

그런데 문득 생각난 건데요, 이런 걸 교육용으로 보고 자란 세대는 양자가 그만큼 익숙하겠죠? 이건 조금 부럽네요. 새로운 인지 체계를 습득한 채 자라는 거잖아요. 요즘 물리학과 오는 애들은 양자역학에서 고생 좀 덜 하겠어요.

네, 그냥 부럽다는 얘기였어요. 시간은 흐르고 세상은 바뀌니 후손들이 더 좋은 환경에서 살아가는 건 지극히 당연한 수순이겠죠. 먼저 어른 된 자로서 더 좋은 세상을 만드는 것도 마땅하고요. 후세대의 삶을 부러워해봤자 어쩌겠어요. 지금 내 처지가 바뀌진 않잖아요. 우리 때가 더 안 좋았다면, 나아져서 다행인 거죠. 자기 때만큼 힘들어봐야 한다는 사람들은 안타깝게도 사랑받지 못한 거예요. 그렇게라도 자기 고생을, 자기 마음을 알아주었으면 하는 거겠죠.

뭐, 잡소리는 이쯤 하고. 다시 내부 이야기나 해볼게요.

보석은 시야각에 따라 빛을 굴절시키며 다른 광학적 모습을 보이잖아요. 상자 내부가 딱 그런 모습이었어요. 빛이…… 그러니까 제가 보는 화면은, 로봇이 낸 빛을 상자 내부가 반사시켜 보여주는 거잖아요?

내부에서는 빛들이 마구잡이로, 사방으로 산란하고 있었어요. 완전히 미시적인 세계였죠. 고정되어 확정된 것이라곤 제 로봇뿐이고, 내부의 모든 구조들이 중첩되어 존재하면서, 빛들이 번질 수 있는 모든 경로로 번져나가는 듯한 그런. 제 로봇이 저가형 모델이라 광자 하나의 경로를 추적할 수 없다는 게 한이었을 정도였다니까요.

한마디로, 기묘했어요. 딱 봐도 22세기의 우리 과학 수준으로는 불가능한 모습이었죠.

중첩의 문제가 아니라 무언가 형태가 있었어요. 무언지 분간할 수는 없어도 의도하고자 하는 명확한 형태가 있어 보였어요. 그게 현시점에서 너무나 기묘하고, 아득해 보였죠.

게다가 원자가 공중에 떠 있었어요. 로봇보다 1,000배 작아서 분간하기 어려웠지만, 공중에 선명히 떠 있는 그것들은 분명 원자였어요. 모든 것이 중첩된 그 공간 속에서 그 공중 원자들만은 제자리를 지키고 있었죠. 이해할 수 없었어요. 원자라면 더 강력히 양자역학의 지배를 받아야 하는 게 아닌가요?

더 놀라운 건, 그 공중 원자가 시야에 들어오자마자 기다렸다는 듯이 정해진 방향으로 무언가를 쏘는 게 보이더군요. 처음엔 빛이 굴절된 줄 알았어요. 그런데 더 가까이 다가가니까 조작부가 난데없이 전하 주의를 내보내더라고요.

그건 전자살이었어요. 광전 효과요. 공중에 떠 있는 금속 원자들만이 로봇의 빛에 광전 효과를 일으키면서 빛 알갱이에 부딪혀 나온 전자들을 한 경로로 내뿜고 있었어요. 중요하니까 다시 말할게요. 한 경로로, 그것도 전자살이 보일 정도로 집약된 채로.

상자 안의 물리법칙은 정말이지 제멋대로였어요. 물리법칙을 인위적으로 재구성할 수 있다면 마치 이런 모습이었을 거예요.

한 원자에서 시작한 전자살은 또 다른 공중 원자로 뻗어 나갔어요. 마치 계산해서 의도한 듯 말이에요. 그렇게 전자살이 다시 전자살을 만들고, 무수한 직선의 연쇄가 상자 내부에서 무한히 이어졌어요. 끝을 모를 정도로요.

투영기에 보였던 반짝임은 거미줄처럼 엉킨 선의 구조가 너무 가늘어 점처럼 반짝여 보이는 거라 생각하고 있었는데요. 그런데…… 그것들은 진짜 점이었어요. 공중에 떠 있는 점 입자요. 그것도 모든 점이 서로를 향해 완벽히 계산된 듯한 경로로 전자살을 발사하는…….

마치 별들의 궤적처럼 보이기도 하더군요.

상자 안의 우주.

그 말이 딱 어울리네요. 게다가 혼재된 확률로 혼란스러운 배경이 마치 우주의 심원감을 더하는 것 같았어요. 그 무한한 경이를 구현하면서요.

그게 이 상자의 목표였을까요? 작은 상자에 무한한 우주를 담는다?

맞다면, 적어도 그 목표는 성공적으로 달성한 거라고 확언할 수 있어요.

다시 말하지만 22세기의 지구에서는 이런 짓 못 해요. 이 외계 상자는 어쩌다 지구로 떨어진 걸까요?

다시 연락드릴게요.

백영 드림.

*

〔오늘로 한 면에 대한 지도를 완성해냈어요.〕

80퍼센트는 로봇의 스캐닝 시스템이 해냈죠. 제가 한 건 그저 공중 원자가 내뿜는 전자살을 건드리지 않으면서 한 면을 돌아다니도록 조작하고 모인 데이터를 수합한 일밖에 없어요.

지도라고 해봤자 복잡한 것도 없어서 높이 데이터에 불과하지만요. 바닥을 계속 보니 100옹스트롬* 정도의 정사각형 타일이 반복되더군요. 그것도 단차를 가지고 각자 높이가 다른 모습으로요. 그래서 타일들의 높이만 정리해봤죠. 신기하게도 정수배로 정리가 되더라고

* Å. 주로 원자 수준의 크기를 나타내는 데 사용되는 단위. 1Å=10^{-10}m =0.1nm(나노미터)이다.

요. 기이하지 않나요? 의도하지 않는 이상 나오기 힘든 모습이잖아요.

뭔가 그 이상의 의미가 있어 보였어요. 높이 데이터를 단순하게 상댓값으로 변환한 뒤 혹시나 하는 마음으로 규칙성을 검토해봤어요. 계속해서 임의의 순서 배열을 생성하고 적용해보았죠.

그랬더니 가장 바깥쪽 한 타일로부터 안쪽으로 반시계 방향 소용돌이를 그리는 순서 배열에서 놀라운 값이 나왔어요.

그 배열은 플랑크 상수*의 것과 같았죠.

네. 기본 상수요.

저는 그 결과를 보고 소리 지를 수밖에 없었어요.

이게 정말 외계에서 만들어졌다면, 제작자들은 충분히 고도화된 문명과 과학기술을 가지고 있어요. 플랑크 상수를 알고 있을 정도로 충분히요. 아니지, 충분한 정도가 아니에요.

그들은 우리를 넘어섰어요. 외우주에서 이곳까지 운석의 경로를 조정해 보낼 수 있을 정도라면, 붕괴하지

* Planck constant. 물리학의 기본 상수로 6.62607015 x 10^{-34}J·s의 값을 갖는다. 기호로는 h로 표기하며, 양자역학에서는 이를 2π로 나눈 $\hbar$를 주로 사용한다.

않는 프로탁티늄이나 집약된 전자살 같은 이상한 물리 현상을 구현할 정도라면…….

어쩌면 이게 외계 문명과의 첫 접촉일지도 몰라요. 양 박사님.

박사님이 고대하던 거잖아요.

제발 답장 좀 해봐요. 같이 볼 수 있으면 좋을 텐데.

……어쨌든, 내일은 다른 면을 탐사해보려고 해요. 이번엔 기본 전하량이라도 나올까요?

이 나이를 먹고도 새로운 게 있다니, 이 외계 상자는 저를 적잖이 설레게 하네요.

백영 드림.

*

〔**오늘은 별거 없네요.**〕

새로운 면을 탐사하면서 그 인위적인 원자 우주를 계속해서 바라보고 있어요.

이건 아무리 봐도 아름답네요.

그 어떤 조각품도 이 근본적인 숭고를 담은 아름다

움을 초월할 수 없을 거예요. 확신해요.

별거 없다고 했지만, 분명 제가 뭘 봐도 그 수려함에 비하면 한없이 초라하고 덧없이 느꼈을 게 틀림없어요. 그래서 그렇게 여겼을 거예요. 실제로 그 작은 우주 말고는 뭘 봤는지 기억도 안 나네요.

기껏해야 전자살? 전자살도 참 아름답죠. 마치 별들이 이어져 별자리를 이룬 것처럼 보이기도 해요.

이건 세상에서 가장 작은 경이예요.

주먹 크기로 온 우주를 모사했어요. 여태껏 이런 물건은 없었다고요.

저는 상자를 탐사하는 순간마다 황홀경에 빠져요. 양 박사님도 봤다면 분명 좋아했을 텐데. 정말로 아름답다고요. 저희의 언어로 표현하는 게 실례라고 생각될 정도로요. 이건 결코 언어로 담아낼 수 없어요. 그 자체로 그저 존재하는 거예요.

……정말로 박사님도 좋아했을 텐데.

요즘 그날의 꿈을 꾸곤 해요.

아니다, 이 얘기는 안 할래요. 어차피 원망한다고 바뀌는 것도 없잖아요.

하지만…… 마음이 현실의 인과에 개입하지 못한다

고 해서, 정말로 마음을 갖는 일이 무의미한 걸까요? 그렇다면 너무 잔인할 것 같아요. 되돌릴 수 없는 것에 한 줌 추모를 얹는 게 부질없다면 사람들의 마음은 하릴없이 바스러지고 말 거예요.

앞에서 원망을 부정했던 건 그저 진실과 진심을 마주하기 두려워 잠시 변덕을 부렸을 뿐이에요. 사실 박사님에 대한 원망을 완전히 지울 수는 없었어요. 감정은 희석될 뿐 사라지진 않으니까요.

어쩔 수 없잖아요.

우리 인간은 머리로 헤아릴 수 없는 것들을 심장으로 끌어안도록 만들어진 존재인걸요.

어쨌든 근래의 탐사에서는 별수 없이 양 박사님에 대한 감정만 재확인한 것 같네요.

탐사…… 탐사라.

양 박사님, 간절히 바라고 있어요.

제발 말해주시지 않을래요.

박사님의 그 탐사에서 무슨 일이 있었는지.

……아니에요. 말씀하지 않으셔도 돼요. 역시 더 말하기엔 제가 너무 지쳤어요.

사실 술을 좀 마셨거든요. 이러면 안 되는데.

미안해요. 글에 두서가 없네요. 들어가봐야겠어요. 탐사는 계속해볼 생각이에요.

또 소식 전할게요.

백영 드림.

*

〔양 박사님께.〕

지난번 추태는 죄송했습니다. 적절하지 못했네요. 1년 만에 술을 마셨는데, 주량을 완전히 까먹고 있었어요.

오늘도 마시긴 했지만요. 그런데 오늘 일은 꼭 마셔야만 했어요. 그러지 않고선 버티지 못할 것 같았어요.

걱정 마세요. 주량은 어제 속을 게워내면서 제대로 알아냈으니까. 적당히 마셨어요.

음……. 맨정신으론 도저히 마주할 수 없는 현실을 마주할 수 있을 정도로 알맞게 취했어요. 괜찮을 거예요.

본론을 말씀드리기 두렵네요.

제가 오늘 발견한 걸 정말 말해도 될지 모르겠어요.

사실 박사님을 의심하고 있어요. 아니, 확신해요.

하지만 어떻게…… 불가능해요. 양 박사님이 떠난지 얼마나 오랜 시간이 흘렀는데, 이제 와서?

*

〔전송 버튼을 잘못 눌렀어요. 이어서 보냅니다.〕

적당히 마셨다고 생각했는데 아니었나 봐요. 취기가 스멀스멀 올라오네요. 하지만 괜찮은 것 같아요. 이제 좀 받아들일 수 있을 것 같아요. 사실 지금 타자를 치는 것도 힘들어요. 그래도 이건 너무 이상해요.

저는 상자 한 면에서 지금껏 볼 수 없었던 원자들의 배열을 발견했어요. 지금까진 정사각형 타일만 반복될 뿐이었는데, 어떤 선과 면을 그리고 있었죠. 천천히 형태를 파악하다가 그 사이에서 글자를 발견하고, 문장을 읽어낸 순간……. 저는 무너지는 것만 같았어요.

"GOODBYE,
TO BAEK."

우주에서 온 운석 속에서 명백히 저를 가리키는 메

시지를 받는다면,

그 발신자는 당신일 수밖에 없잖아요.

양서아 박사님.

하지만 당신은 죽었잖아요.

어떻게 상자 안에서 당신의 메시지가 발견될 수 있는 거죠?

이렇게 메일을 쓰고 있지만 이건 죽은 사람의 계정에 보내는 짓이란 걸 알고 있어요. 이건 박사님을, 아니 존경하는 동료를 잊지 못한 제 미련이라는 걸 알고 있어요. 멋진 사람이었잖아요. 동경했다고요. 정말로 어떻게…… 떠나시곤 이런 일을 할 수가 있어요?

*

〔양 박사님.〕

솔직히 말할게요. 그 메시지를 발견한 이후로 상자 내부 탐사는 그만뒀어요. 무서워서요. 두려워서요.

박사님이 떠난 지도 벌써 8년이 지났어요.

이것이 정말 당신의 작품일까요? 정말 원자로 써놓은 '굿바이' 한마디가 당신의 마지막 전부일까요? 그렇다면 그조차 받아들이지 못하는 저는 대체 어떡해야 할까요. 당신을 동경하던 저는 어떡해야 할까요. 당신은 정말 멋진 사람이었어요. 떠나는 순간조차 그랬죠.

아니, 취소할게요. 그날은 멋지지 않았어요.

그날을 선명히 기억해요.

외우주에서 잡혀 온 신호 탐사를 위해 박사님이 워프드라이브를 타고 이곳을 떠난 그날을.

평생을 외계 지적 생명체 탐사에 헌신하신 박사님이라면 그 기회를 놓치지 않을 거라고 생각했어요. 생각하긴 했지만요, 그렇게 실행력 넘치는 분이신 줄은 그때 처음 알았어요. 주변 사람들에게 한마디 상의도 없이 외우주 출장 가셨다는 소식을 들었을 때예요. 마침 웜홀이 적당한 곳에 열려 있는 기간이긴 했지만……. 조금만 더 주변을 챙기실 수는 없었던 거예요?

우주국에서는 계속해서 나아가는 박사님께 경고를 보냈어요. 설득했죠.

더 가다가는 구조할 수 없는 영역까지 가게 된다고,

연료가 얼마 남지 않았으니 지금이라도 선회하면 돌아올 수 있다고.

우주국의 보고에 따르면 당신은……

그럼에도 나아갔죠.

복귀 연료 한계를 넘어 우리 은하 바깥으로 계속해서 가속하셨죠.

우주국의 레이더는 박사님이 넘은 그 경계에서 관측 한계에 달했다고 해요.

그 너머의 풍경을 아는 건 박사님뿐이라는 거죠.

그때 양 박사님의 눈앞에 비친 풍경은 어떤 모습을 하고 있었던 거예요?

대체 무엇이 박사님을 사로잡았기에 지구를 떠나신 건가요?

*

〔안녕하세요, 양 박사님.〕

마지막 메일을 보낸 지 두어 달 정도 지났네요.

이젠 잘 지냈냐고 묻기도 두려워요.

여름이 되니 숲이 울창해요. 꽤 외진 곳이거든요.

양 박사님은 항상 저보고 나무가 아닌 숲을 보라 하셨죠. 숲을 보니 떠오르네요. 예전엔 그 말을 들을 때마다 무시하곤 했는데, 이젠 이해가 되네요. 당신이 숲을 보는 사람이었다는 걸 잊고 있었어요.

하룻밤은 찌꺼기같이 남은 미련과 원망을 긁어모아 다시 상자 안의 우주를 바라보곤 했어요.

똑같아 보였어요. 양 박사님이 떠나던 그 하늘과, 닿을지 모를 빛을 멀리멀리 보내는 그 외로움이.

한숨을 쉬면서 모니터에서 눈을 떼고 별다른 패턴 없는 하얀 천장을 바라봤어요. 한밤중이어서 책상의 스탠드 빛이 조금 닿는 것 말곤 보이는 것도 없었죠. 애초에 아무 무늬도 없는 천장이었지만요. 그런데 별안간 희미한 선이 보였어요. 원래부터 있었던 선은 아니었어요. 낮에도 볼 수 없었던 선이니까요. 의자를 기울이니 시차 때문에 천장에 묻어나지 않고 슬쩍 움직이는 게 보였어요. 공중에 떠 있다는 뜻이었죠.

다시 책상을 바라봤어요. 상자의 구멍난 면이 천장을 향해 있었죠. 로봇이 안에서 빛을 발하는 채로요.

저는 홀린 듯이 정체불명의 선에 시선을 집중한 채 상자를 살짝 기울여봤어요. 그러니까 공중에 떠 있는 선

역시 같은 각도로 기울어지더군요.

그때 제 머릿속에는 작은 환희가 피어올랐어요.

왜 그동안 깨닫지 못했던 걸까요. 빛이 그렇게 어지러이 산란하고, 전자살이 내부에 그렇게 가득할 수 있다면, 그것들이 구멍 밖으로 나올 수도 있다는 생각을.

답은 상자 안에 있지 않았어요. 바깥에 있었죠. 상자 안을 샅샅이 파헤칠 게 아니라, 그 전체를 봐야 했어요.

저는 서둘러 창고에서 가장 강한 광도의 레이저를 꺼내왔어요. 상자를 가만히 고정시키고, 레이저의 빛을 한쪽 구멍에서 다른 한쪽 구멍을 향해 관통하도록 조사했죠.

어떤 결과가 나왔는지는, 박사님이 더 잘 아시겠죠.

지구 모양 홀로그램이 나오더군요.

참, 어처구니가 없었죠……. 당신이라면 이걸 만들면서 이렇게 말했겠죠?

우주에서 본 지구는 아름다웠다고.

원자의 존재 분포와 에너지 준위를 인위적으로 조작하고, 그것도 모자라 입자살과 빛으로 의도적인 형태의 홀로그램을 그린다?

이건 우리 문명이 할 수 있는 일이 아니에요. 22세기의 인류가 할 수 있는 일이 아니에요.

당신은 만났던 거겠죠. 그 경계 너머, 우리 은하의 끝에서.

분명 조금만 더 도달하면 됐을 테고, 그러려면 돌아올 연료를 모두 써야만 했겠죠. 당신은 재회보다 조우를 선택할 사람이었으니까요.

그리고 이걸 만든 거죠? 그들과 함께……. 홀로 만들었다곤 생각되지 않으니까요. 이건 명백히 외계의 기술이에요.

그러니까 이 상자, 마지막 선물인 거죠? 그렇죠? 그렇게 해석해도 되는 거겠죠?

상자는 아직도 제 책상 위에 있어요.

로봇은 다시 마이크로튜브에 봉해져 있고요.

미안해요. 사실이라면 오늘은 더 쓸 기분이 아니네요.

*

〔돌아올 것도 아니면서 하필 운석에 우주에서 바라본 지

구의 모습을 작별 인사와 함께 보낸다? 그것도 제 뒷마당에 넌지시 던져놓을 정도로 태평하게?]

아마 당신의 감상을 담은 거라면 외우주에서 바라본 모습을 담았겠지만, 그래선 지구가 그냥 점으로 찍혀 나올 뿐이잖아요. 아니, 애초에 보이긴 할까요? 이건 그냥 지구의 모습이에요. 마치 기념으로 찍어서 남에게 선물할 만한 모습이라고요.

양 박사님은 자기 감상을 담았다고 제가 생각하길 바라셨겠지만, 이건 아무리 봐도 작별 선물이잖아요.

진짜 욕하고 싶어요.

왜 당신이 이런 짓을 했을지 생각해봤어요.

하지만 모든 의문에 적당한 답이 있는 건 아니잖아요. 이것도 같은 유의 의문 같더군요. 늘 제멋대로였던 사람이었으니.

그날 당신이 바라봤던 풍경은 분명 당신이 줄곧 바라왔던 풍경이었겠죠. 목표에 닿은 거잖아요. 그리고 어쩌면…… 살아 있을 수도 있는 거잖아요. 너무 낙관적인가요? 하지만 줄곧 이런 가능성을 바라왔다고요.

어쨌든, 선물을 받았다면 저도 답장을 해야겠죠.

그러니 저도 빛을 보낼게요. 살아 있는지도 모르겠지만, 그곳까지 갈 수 있을지는 모르겠지만, 광속조차 아득한 거리겠지만. 그래도……. 돌아오라고 전할 거예요.

아무리 희미한 빛이라도 언젠가는 닿을 수 있겠죠.

우리 은하의 질량에 비하면 하잘것없는 이 작은 상자도, 지금 이곳에 도달할 수 있는 것처럼.

그럼 답장 기다릴게요.

백영 드림.

저 외로운 궤도 위에서

유진은 오늘도 방호복과 전면형 면체를 착용한 채 부양형 컨테이너에 물류를 싣고 정지 궤도 콜로니로 향하는 적도 우주 엘리베이터에 올랐다.

길을 따라 바닥에 놓인 전자석이 컨테이너를 부양시키는 낮은 소리가 공간을 가득 채웠다. 자기력으로 부상한 컨테이너는 톤 단위의 무게에 달한다고는 보이지 않을 만큼 유진의 손에 가볍게 이끌려 미끄러지듯 길을 나아갔다. 그것이 얼마나 가볍든 간에 본래 사람이 할 일은 아니었지만.

배큠라인 콜로니 배송 기사의 3할은 인간이 아닌 로봇이었다. 다른 물류업계에 비하면 많은 편이었지만, 원칙적으로 봐선 터무니없었다. 어느 연구소에서 유출된 바이러스가 인구의 절반을 죽인 전염병 시대에 어디서 어떻게 온 줄도 모르는 물품을 배송하는 업무는 심각한 감염 위험을 지닌 일이었다. 전문적인 소독을 거치지 않은 택배를 개봉하는 것만으로도 죽음의 위험이 실재했다. 진공 소독형 포장 배송을 지원하는 배큠라인의 시스템을 이용한다 하더라도 전염병의 원천적인 차단은 불가능했다. 때문에 바이러스가 없는 청정 지역인 궤도 콜로니로 향하는 배송은 원칙적으로 전량 로봇이 담당해야 했다. 하지만 실태는 지금 보이는 바와 같다. 이유는 간단했다. 돈. 기계보다 사람이 저렴하니까. 기계가 상하는 값보다 사람이 다치거나 죽는 값이 싸다는, 경영 논리였다.

어차피 전부 SP-2202 콜로니로 향하는 물류일 터였지만, 유진은 컨테이너에 올라 재차 행선지를 확인했다. 최근 물류가 대부분 그러했듯 비슷한 태그를 달고 있었다.

경유지: 배큠라인 제1터미널

도착지: SP-2202 기억 공원 앞 천막

유진은 한숨을 쉬며 태그를 살피던 고개를 들며 허리를 폈다. 그리고 천장을 뒤덮은 유리창 너머로 흐릿하게 뻗은 우주 엘리베이터 끝 어딘가를 바라보았다. 굵고 검은 용처럼 보이기도 하는 인공의 풍경은 몇 번을 봐도 이질적이었다. 이 검은 용의 머리엔 사고로 반파되어 이제는 기억 공원이 되어버린 SP-2202 정지 궤도 콜로니가 있을 터였다.

*

"무슨 일이시죠?"

유진은 좀처럼 긴장을 가라앉히지 못한 채 제1터미널 관리자 앞에 앉으며 물었다. 관리자는 전면형 면체를 위로 젖혀 올리더니 테이블 위의 커피를 빨대로 한 모금 마셨다. 그는 면체를 다시 내리곤 자세를 고쳐 앉으며 유진에게 눈을 맞추었다.

"자네가 기억 공원 쪽 주간 배송 담당이었지?"

유진은 기억 공원이라는 단어에 일순 느낀 껄끄러움을 참으며 답했다.

"네. 그렇죠."

"거기 무슨 일이 있는지는 알지?"

"자세히는 모릅니다."

"그래, 괜찮아. 파업 중인 건 알겠지? 그 기억 공원 직원들."

"전부 파업 중이죠."

"그 정도 알면 됐어."

"요즘 물류 대부분이 거기 파업 농성장으로 가는 겁니다."

관리자는 유진의 말을 듣자마자 기다렸다는 듯 깍지를 끼며 자세를 낮췄다.

"그거 말이야. 그거 때문에 만나자고 한 거야."

"예?"

"어디서부터 얘길 해야 할까. 그 기억 공원, 이름이 원래 뭐였냐. SP 몇? 자세히는 기억 안 나네. 어쨌든 거기 옛날에 충돌 사고 났었잖아."

유진은 아까부터 어쩐지 울렁거리는 속을 참으며 가까스로 고개를 끄덕였다.

"다른 콜로니랑 쾅, 하고. 그래서 그 사고 기억하겠답시고 기억 공원 된 거고."

"……그, 그렇죠."

"문제는 사고 이후에 거기 기능이 거의 다 망가져버렸다는 거야. 그때 나선 게 성림이었지. 기억 공원 관리를 도맡겠다고 나서서 그쪽에 각종 생필품이며 음식이며 다 지원해주기 시작한 거야. 아무도 안 살게 된 곳에 관리자도 뽑아서 넣었어. 그래서 조금씩 다시 거기 사는 사람들도 생겼고. 하여튼 그럭저럭 운영되고 있었는데, 갑자기 거기 일하는 애들이 전부 파업을 하네?"

유진은 말없이 고갯짓으로 경청의 의사를 표했다. 속이 계속 울렁거려 당장이라도 변기에 머리를 처박고 싶었다.

"그래서 성림이 지원을 끊기로 한 거지. 걔넨 노조도 괴멸 수준이라 그것만으로도 쉽게 압박할 수 있거든. 그런데 그 파업에 연대한다는 지구 쪽 단체가 구호 물품을 보내기 시작한 거야. 거기 물품 자립 안 되는 거 뻔히 알면서 그런 결정을 했느냐고. 인권 어쩌고저쩌고하면서."

관리자는 깍지 낀 손을 풀며 면체를 올렸다.

"근데 그건 내 알 바 아니고."

그는 커피를 다시 한 모금 마신 뒤 면체를 내리며 대화를 이어나갔다.

"배큠라인 모회사는 알지?"

관리자는 불온한 의중으로 물어왔다.

"성림이었죠."

"맞아. 그럼 어떨 것 같아?"

유진은 질문 자체에서 밑도 끝도 없는 악의를 읽고 눈썹을 꿈틀거렸다. 관리자는 그 모습을 알아챈 듯 코웃음을 치며 고개를 끄덕였다.

"알지, 이상한 거. 구호 물품 배송도 끊으랜다. 근데 어쩌겠어. 윗분들이 그러는데. 야간 담당한테는 이미 말해놨어. 내일부터 제1터미널로 오는 구호 물품은 전부 반송될 거야. 우리가 다 걸러내긴 할 건데, 혹시 보이면 보내지 말고 그냥 터미널에 남겨서 반송시켜. 요즘 작업 대부분이 그거였다며? 마침 일도 줄고 좋겠네."

"그럼 그곳 사람들은요?"

유진은 결국 울렁거림을 참지 못한 채 한마디를 내뱉고 말았다. 아차 하는 사이 관리자의 얼굴에 불편함이 스쳤다가 사라졌다.

"몰라. 어떻게든 되겠지. 우리가 신경 쓸 건 아니야.

정 쫄리면 파업을 그만두든지. 생각해보면 괘씸한 게 맞잖아? 먹여주고 재워주는 게 누군데 파업을 왜 해? 거긴 바이러스도 없고 이런 거추장스러운 거 입을 일도 없잖아. 복에 겨웠지 아주."

관리자는 방호복을 단단히 껴입은 자신의 모습을 보라는 듯 양손으로 자신을 가리키며 말했다.

"이참에 기억 공원 그냥 없애버려도 되지 않나? 성림은 그러고 싶은 거 같더라. 어차피 반쯤 박살 난 거, 이제는 찾아오는 사람들도 별로 없는데. 기억할 사람들은 알아서 하겠지. 벌써 10년이야. 대부분 신경도 안 써. 관광지로도 영 쓸데없고, 차라리 놀러 갈 거면 다른 콜로니 가고 말지. 성림도 이거 돈 될 줄 알고 관리하겠다 했을 텐데 돈도 안 되고."

"……누군가에겐 각별하지 않을까요?"

"그게 누군지는 몰라도 과거에 갇힌 답답한 사람이라고 생각해. 아무튼 이 말 하려고 왔다. 시간도 늦었는데 들어가봐."

관리자는 가볍게 웃으며 그만 일어나보라는 듯 손짓했다. 유진은 인사한 뒤 카페를 나와 곧장 기숙사 공용 화장실로 들어갔다. 가장 가까운 칸에 들어가 문을 잠그자마자 면체를 집어 던지고 주저앉아 변기에 얼굴을 박았다. 먹은 것도 없는 속을 게워내어 위액을 마주하고 화장실 벽에 기대 힘없이 늘어졌다. 방호복을 더듬어 주머니의 지퍼를 열고 휴대폰을 꺼내 배경화면을 바라보았다. 가족 사진 위, 위젯으로 덧대어진 'Remember 2044' 문구 위로 유진의 눈물이 한 방울 떨어졌다. 유진은 휴대폰을 손에 꼭 쥔 채 아무도 없는 화장실에서 이제는 아무도 기억하지 않는 참사를 기억했다.

유진이 고용된 자리는 아무도 원하지 않는 자리였다. 그곳에 지원한 사람은 유진 한 명뿐이었다. 이 열악한 환경 속에서 유진이 SP-2202 담당 인간 배송 기사로 자원해 남아 있는 이유였다. 그것이 유진이 참사를 기억하는 방법이었다.

*

유진은 멍한 상태로 기숙사에 들어와 일회용 싸구려 방호복을 쓰레기통에 처박고 바닥에 주저앉았다. 천연덕스럽게 '내 알 바 아니다'라고 말하는 관리자의 얼굴에 주먹을 날렸어야 했을까 후회해봤지만 그래서는 더 이상 SP-2202에 갈 수 없게 될지도 몰랐다. 우주 시대의 시작이었던 우주여행 티켓값이 몇백 억에 달하지 않았는가. 일반적인 서민이 궤도 콜로니로 가는 것은 쉬운 일이 아니었다. 그런 사치스러운 공간에 기억 공원을 조성한다는 시도부터가 억지였을지 몰랐지만 유진을 비롯한 사람들은 그곳이 보존되길 원했다. 우리가 그곳에 있었다고 기억되길 바랐다. 그저 그뿐이었는데, 그런 공간이 이런 식으로 망쳐지길 바라지 않았다. 그곳에서 사람이 또 말라 죽어가는 일은 절대로 바라지 않았다.

대체 무엇 때문에? 무엇 때문에 그들은 파업을 강행했는가? 성림은 대체 왜 물자 지원을 끊으면서까지 파업을 반대하고 사람을 죽이려 드는 건지 이해되지 않았다. 아무렇게나 던져둔 휴대폰을 가져와 검색을 시작했다. 한 달이 넘게 이어진 파업이었음에도 노사 합의에 대한 기사는 단 하나도 보이지 않았다. 몇 되지 않는 기사에서 공통적으로 찾아볼 수 있는 노동자들의 요구 사항은 단 두 가지였다.

휴게 시간 보장, 노동 환경 개선.

얼마 되지 않는 기사를 전부 훑어봐도 그들의 파업 사유는 그들이 받은 대우에 비하면 상식적이고 작은 것이었다. 유진은 문득 자신의 처지가 떠올랐다. 인력 대체의 시대에 기계보다 싸다는 이유로, 언제든지 대체 가능하다는 이유로 고용된 사람들이 기업에게 어떤 가치가 있을지.

유진은 저도 모를 헛웃음을 흘렸다. 제 안에 무언가가 무너지는 듯했다.

관리자가 시민단체의 물류를 반송하겠다고 일방적으로 통보한 뒤 일주일은 제1터미널에서 기억 공원의 농성장으로 향하는 물류를 찾아볼 수 없었다. 남은 물류라곤 기억 공원 종사자를 제외한 SP-2202의 극소수 거주자에게 향하는 물류 한 줌이었다. 줄어든 작업량에 유진은 한숨 돌리기도 했지만, SP-2202에 갈 때마다 필연적으로 그들과 눈을 마주칠 수밖에 없었다. 파업 노동자가 유진에게 다가와 "정말로 배큠라인이 구호 물품을 끊었느냐" 하고 물을 때마다 유진은 그렇다는 기계적인 답변밖엔 할 수 없었다.

유진이 농성장에서 비상용 단백질바 하나를 세 명이서 나눠 먹는 모습을 본 날이었다. 여전히 협상 의지가 없는 배큠라인과 성림을 바라보던 유진은 그길로 파업에 연대하는 시민단체의 연락처를 찾아보았다. 상황에 맞춰 급하게 만든 조직이어서 그런지 공식 연락처는 찾을 수 없었다. 결국 유진은 평소 하지도 않던 SNS 계정을 만들어 단체의 계정에 DM을 보냈다.

안녕하세요.
SP-2202 콜로니 물류 배송을 담당하는
배큠라인 배송 기사 박유진입니다.

유진은 사원증 사진까지 찍어 보낸 후 쓸데없는 짓을 하는 건 아닌가 싶은 이물감이 들어 괜스레 뒷목을 긁적였다.

부끄럽게도 최근에야 기억 공원 분들의 파업 이유를 알게 되었습니다. 그리고 성림은 고작 그 때문에 합의도 없이 지원 물류조차 끊어버렸고요.

그리고 다음 문장을 몇 차례 쓰고 지우길 반복했다. 마침내 전송을 누르는 순간, 정체되어 있던 메시지는 모두 '읽음' 표시로 바뀌었다.

도움 드릴 방법이 없을까 싶어 연락드립니다.

마찬가지로 '읽음'이 붙은 자신의 마지막 메시지를 보며 유진은 작은 불안을 곱씹었다. 필요 없다고 하면 어쩌지? 괜한 오지랖이 아닐까?

하지만 궤도 콜로니마다 전담 배송 기사—대부분은 로봇이었지만—가 붙은 데에는 이유가 있었다. 대다수의 콜로니가 자체 시설로는 자급자족이 불가능에 가까웠다. 특히 콜로니 간 충돌 사고로 기능을 대부분 손실한 SP-2202의 상황은 더욱 심각했다.

얼마 뒤, 상대방이 메시지를 입력하고 있다는 알림이 보였다. 유진은 괜히 손끝을 꼼지락거리며 화면 너머의 누군가가 메시지를 입력하길 기다렸다.

안녕하세요.

상대방은 연이어 메시지를 입력하고 있었다. 유진은 답장을 덧붙일까 하다가 다음 메시지를 온전히 기다리기로 했다.

연대의 뜻 밝혀주셔서 감사합니다.
마침 저희도 방법을 찾고 있던 참이었는데,
도움을 주실 수 있을까요?

그렇다면 어떻게? 유진은 대책을 생각하지 않은 채 보냈던 메시지를 잠시간 후회하며 상황을 해결할 시스템의 허점을 반추했다.

관리자는 분명 제1터미널 담당이었고 그의 지시 역시 제1터미널로 한정되었으며, 시민단체의 물류는 대형 화물로 분류되어 있었다. 그렇다면……. 유진으로선 그 방법이 정말 가능할지 확신할 수 없었다. 하지만 시도하지 않는 것보단 나을 터였다. 유진은 떠오른 생각을 활자로 조심스럽게 다듬어 입력창에 적어냈고, 마침내 전송 버튼을 눌렀다.

경유지를 배큠라인 제2터미널로 해주시겠어요?
원칙상 제2터미널은 소량 물류만 받도록
되어 있긴 한데, 감시 피하려면 그쪽이 용이해서요.
소분해주시고요. 발신인 이름을 시민단체로

하지 말아주시고, 수령인을 저로 해주세요.

*

그날 이후로 유진은 출근길마다 일부러 제2터미널을 경유했다. 메시지를 보내고 며칠 뒤, 유진은 드디어 자신에게 도착한 여러 개의 물류를 발견할 수 있었다. 보낸 이의 이름은 다양했다. 정황상 시민단체의 활동가 여러 명이 개인적으로 소분해 보낸 것으로 보였다.

유진은 제1터미널에서 자신의 컨테이너를 끌고 와 제2터미널의 물류를 차근차근 실었다. 어차피 항상 하는 일이었으므로 신경 쓰는 사람은 없었다. 좋아, 이대로만. 유진은 적지 않은 물류를 모두 컨테이너에 실은 뒤 전자석이 달린 바닥 라인을 따라 컨테이너를 끌고 제1터미널로 돌아왔다.

직후 유진은 지상에서 궤도 콜로니로 향하는 상행 엘리베이터에 탑승 카드를 찍었다. 잠시 후 도착한다는 안내문이 전광판에 띄워졌고 유진은 손잡이를 의미 없이 쥐락펴락하며 시간을 보내고 있었다. 그때 이어폰에서 갑자기 전화 착신음이 들려왔다. 유진은 방호복을 더듬어 이어폰의 버튼을 누르며 전화를 받았다. 이어폰 너머에서 다급한 목소리가 들려왔다.

"안녕하세요. 혹시 택배 보내셨나요?"

"누구시죠?"

"기억공원노동자시민연대의 이현재입니다. 저희 택배 지금 어떻게 되어 있나요?"

이현재. 분명 제2터미널의 물류에서 봤던 이름이었다. 급히 인사를 마치자마자 다시 택배의 상태를 묻는 그의 목소리는 시급함에 압박되어 있었다.

"지금 보내려던 참입니다. 무슨 일이시죠?"

"보내지 마세요."

유진은 예상치 못한 대답에 말문이 막히는 것만 같았다.

"갑자기 무슨 말씀이세요? 누구보다 잘 아시잖아요. 저 위에 꼭 보내야 한다는 거."

"방금 내부자분께 제보받았는데, 포장 절차가 잘못됐대요. 일부 택배에 소독 포장이 안 된 것 같아요."

"그럴 리가요. 배큠라인이……."

유진은 순간 떠오른 생각에 압도되어 말을 이을 수 없었다.

무균 상태의 궤도 콜로니로 보내는 택배들은 배큠라인을 비롯한 특수 택배사의 클린룸에서 소독 봉입되어야만 했다. 하지만 기업이 그 과정에 적극적으로 관여하고자 한다면 대기 중의 그 치명적인 바이러스를 일부 퍼트리는 데 어려움은 없었을 터였다. 일부 택배가 그러하다면 시민단체를 뒷조사해서 그 단체원의 정보를 얻어낸 뒤, 그들의 택배만 의도적으로 포장을 피한 거겠지. 그렇게 콜로니를 바이러스에 노출시킨다면 배큠라인 역시 책임을 피할 수 없을 텐데, 어쩌자고 이러는 건지 알 수 없었다. 하나 유력한 가능성이 있긴 했다. 유지 비용보다 그 책임이 더 가벼울 경우. 아무리 생각해봐도 그쪽이었다. 유진은 배큠라인과 성림의 경영 논리에 넌더리가 났다. 심장이 녹아내려 무겁게 가라앉는 듯했고 머리는 현기증에 죄어오는 듯했다.

"……보세요? 여보세요?"

"……네. 듣고 있습니다."

"저희가 방법을 찾아볼게요. 바이러스를 그곳에 보낼 수는 없어요."

"벌써 일주일째예요."

물자가 끊긴 지 일주일을 넘겼고 곧 연휴가 시작될 참이었다. 그 시기 동안 배큠라인은 새로운 물류를 받지 않을 터였고, 결과적으로 오늘이 아니라면 기억 공원의 사람들에게 구호 물품을 전달할 길이 없었다. 정말 누군가 죽을지도 모르는 상황이었다.

"그렇지만 방법이 없어요. 저도…… 이 상황이 너무 끔찍합니다."

그는 그렇게 말한 뒤 한숨을 내쉬었다.

유진은 부양형 컨테이너의 손잡이를 붙잡은 채 엘

리베이터의 계기판을 바라보았다. 오렌지색 LED로 '하강 중'이라는 글자가 띄워져 있었다. 길어 봤자 1분 뒤면 엘리베이터는 지상에 도착한다. 한번 카드키를 댄 이상 '유진이 엘리베이터에 화물을 싣고 탑승할 것이다'라는 정보가 배큠라인으로 전송되었을 것이기에 탑승을 무를 수는 없었다. 탑승하지 않는다 한들 할 수 있는 일도 없었다. 적도 엘리베이터와 연결된 제1터미널에는 소독 봉입 과정에 필요한 클린룸이 설치되어 있지 않았다. 반송한다고 하면 저 궤도 위에 있을 사람들은 또 어떡하고? 물자 중단으로 노사 합의 없이 파업이 중단되는 것은 바로 성림이, 배큠라인이 바라던 바였다.

어느덧 엘리베이터는 도착을 앞두고 있었다. 진퇴양난에 몰린 유진은 계속 머리를 쥐어짰다. 정말 방법이 없을까? 그는 평소 방호복에 소지하고 다니는 물건들의 리스트를 생각해냈고, 그중에 커터 칼이 있다는 것을 깨달은 뒤 끊어지지 않은 전화에 대고 말했다.

"방법이 있어요. 전부는 불가능하겠지만, 일부는 보낼 수 있어요."

"정말요?"

"소독실을 이용하면 돼요. 그곳에서 가능한 많은 상자를 소독시킨 뒤 그곳으로 보내면 돼요."

고전적인 종소리와 함께 엘리베이터의 문이 열렸다. 유진은 엘리베이터가 도착했으니 이만 끊겠다는 말과 함께 이어폰의 버튼을 눌러 통화를 종료했다.

유진은 컨테이너를 끌고 엘리베이터에 탑승했다. 그리고 계획을 점검했다. 먼저 소독실에 도착하면 컨테이너에 배관을 연결하지 않고 그대로 열어젖힌다. 그리고 박스를 전부 바닥에 늘어놓은 다음, 커터 칼로 개봉한다. 그러면 소독 가스가 내용물에 스밀 테고, 바이러스는 대부분 사멸할 것이다. 열린 공간에서 개봉한다면 물건에 잔재한 소량의 유독 가스 역시 문제없이 공기 중에 희석될 터였다.

그야말로 택배 기사가 인간이기에 할 수 있는 일이었다. 기억 공간을 완벽하게 고립시키길 바랐다면 진작에 위험 직군엔 로봇을 썼어야지. 돈을 아끼겠다며 사람을 가볍게 다루는 곳이 결국 그 사람 때문에 뜻하지 않은 결과를 마주하게 될 생각을 하니 유진은 씁쓸한 짜릿함에 웃음이 나올 것만 같았다.

망할 놈들. 유진은 혼자뿐인 엘리베이터 안에서 작게 읊조렸다. 예나 지금이나 그놈의 경영 논리는 사람을 죽였다. 그 안일함에 참사를 일으키고 나서도 사람들은 바뀔 줄을 몰랐다. 오늘날에도 또다시 사람은 죽어가려 하고 있었다.

그러니 값싸다는 이유로 고용된 불명예의 인간으로서, 기계는 하지 못할 일을 내가 행해주어야겠다고, 유진은 컨테이너 손잡이를 꾹 쥐며 생각했다.

*

"소독 절차를 진행하십시오. 진행하지 않을 시, 10분 내로 소독 절차가 강제 진행됩니다."

유진은 소독실에 도착하자마자 들려오는 소독 절차 안내를 무시한 채 부양형 컨테이너를 열어젖혔다. 비정상 밀봉 상태 해제를 알리는 버저음이 소독실에 가득 찼지만 유진은 개의치 않고 그 속에 있는 화물 중 자신에게 왔던 것들을 모두 고르게 내려놓았다. 결국 외로운 곳으로 향하고 마는 마음처럼 어느 하나 가벼운 것이 없었다. 무거움을 잊은 채 저 궤도 위의 사람들을 생각하며 상자들을 모두 허공에 떠 있는 컨테이너에서 꺼내 바닥에 늘어놓았다.

"10분이 경과되어 소독 절차가 진행됩니다."

이내 모든 문이 밀봉 상태에 돌입함을 알리는 안내음이 울렸고 유진은 방호복의 차폐 상태를 확인하며 면체와 연결된 등 뒤의 산소 탱크 밸브를 열었다. 치익 하는 산소 유입음과 함께 소독실에는 소독을 위한 유독 가스가 들어찼다.

"안녕 루시, 5분 타이머 시작해줘. 30초 간격으로 남은 시간 알려주고."

유진은 휴대폰의 인공지능을 호출해 소독기가 작동하는 시간을 타이머로 맞췄다.

평소의 유진이라면 지금부터 팔을 벌린 채 가만히 호흡을 가다듬었겠지만 오늘은 그럴 수 없었다. 유진은 주머니에서 커터 칼을 꺼내 늘어놓은 상자에 붙여진 테이프를 난도질하기 시작했다. 몇 개나 개봉할 수 있을지 모를 일이었다. 땀이 뺨을 타고 흘렀고 거친 숨소리가 귓가를 스쳤다. 얼굴 전면을 덮은 면체가 날숨으로 뿌옇게 변해갈수록 입을 벌리는 상자의 개수는 늘어갔다.

소독의 위력은 생물위해성에 비례했다. 유독 가스는 애초에 노동자가 로봇으로 대체되어야 할 만큼 지독해 소독기제가 작동되는 시간만큼은 노동자의 활동을 권장하지 않았다. 활동으로 인해 발생하는 밀폐 상태의 해제가 유독 가스의 유입을 초래했기 때문이다. 유진은 쉴새 없이 몸을 움직이며 면체와 방호복 사이 피부가 드문드문 따가운 것을 느꼈다. 내가 왜 이러고 있지? 뭘 위해서? 이렇게까지 해야 할 일이었을까? 곧이어 배송 기사에게 지급되는 싸구려 방호복은 활동 시 안전을 보장해줄 수 없다는 걸 증명하듯 목이 간지럽고 따끔거렸다. 진작에 대체되었어야 하는 일이었다. 사람이 있을 곳이 아니었다.

“3분 남았습니다.”

그사이 소독기가 작동하는 시간은 점점 줄어갔다. 유진은 잡념을 뿌리친 채 최대한 많은 상자를 열어야 한다는 목표만으로 묵묵히, 치열하게 상자를 열었다. 입구를 벌린 컨테이너로도 가스가 스미는 것이 보였다. 그렇다면 열지 않은 상자를 제외하면 모든 화물은 콜로니에 전달될 수 있는 이상적인 소독 상태를 유지할 터였다. 올라가서, 소독실에서 뜯어놓은 상자들만 그곳에 전달하면 된다. 그럼 조금이라도, 저 위의 사람들에게…….

"3…… 2…… 1……."

루시의 안내에 겹친 버저음과 함께 소독기의 작동이 종료되었다. 그리고 소독실에 가득 들어찬 가스를 배출하는 환기 과정이 시작되었다.

유진은 도착해 있는 상행 엘리베이터로 다가갔다. 카드를 대어 관계자용 패널을 연 뒤 지연 버튼을 눌렀다. 컨테이너의 화물이 쏟아졌다거나 했을 때 임의대로 운행을 지연시킬 수 있는 기능이었다. 뒤돌아 멀리서 소독실을 둘러보니 입구가 열린 상자와 열리지 않은 상자들이 어지럽게 난립해 있었다. 다행히도 열린 쪽이 훨씬 많았다. 유진은 한숨을 쉬었고 곧 자극된 목이 기침을 뱉어냈다. 유진은 참을 수 없는 답답함에 전면형 면체를 벗어 옆에 두었다. 규정상 근무 중에 면체를 벗는 행위는 금지됐지만 직전에 소독 과정을 거쳤으니 괜찮을 터였다. 무엇보다도 면체 전체가 격한 호흡과 기침 때문에 뿌옇게 변했기에 벗지 않고서는 작업을 계속할 수가 없었다.

유진은 열린 상자를 닫아 정리하기 시작했다. 가까운 것부터 순서대로 컨테이너에 다시 실었고, 열리지 못한 것들은 소독실 한편에 모아두기로 했다. 지상에 내려갈 때의 소독 과정에서 뜯어낸 뒤 컨테이너에 보관하면 될 일이었다. 상자를 컨테이너에 다시 실으며 기침이 나올 때마다 팔뚝에 코와 입을 박았다. 그렇게 기침할 때마다 유진은 후회했나. 며칠 전 옆 터미널에서 실수로 소독가스에 노출된 동료는 호흡기 손상이 낫지 않아 권고사직을 받아들여야만 했다. 그걸 알면서도 어째서 이렇게까지 해야 하는지, 왜 하필 자신인지 스스로가 원망스러웠다.

그때 싣고 있던 한 상자가 유진을 사로잡았다. 물건들 위에 삐뚤빼뚤한 글씨로 "엄마 사랑해요!"라고 쓰인 편지가 붙어 있었다.

쌍.

결국 유진은 욕설이 되기 직전의 한탄을 입 밖으로 내뱉었다. 가족, 결국 그놈의 가족이었다. 저 외로운 궤도 위에 있는 사람들도 결국 누군가의 가족인 것이다. 사고를 겪었던 유진은 그 작은 편지를 보고 직전의 후회를 이어나갈 수 없었다. 완벽히 후회하지 않는 선택지는 없다. 그렇다면 조금이라도 후회가 적은 쪽을 택해야 했다. 유진은 이 일은 결코 헛되지 않으리라 마음을 다잡았다.

유진은 개봉했던 모든 상자를 컨테이너에 조심스럽게 실은 뒤 문을 닫았다. 지연 버튼을 눌러두었으니 당분간 엘리베이터는 정지한 채 움직이지 않을 것이었다. 유진은 가쁜 숨을 몰아쉬었다. 호흡을 가다듬기 위해 후들거리는 다리를 붙잡으며 주저앉았다.

처음부터 파업을 적극적으로 지지하거나 도우려 했던 것은 아니었다. 눈 밖에 날까 두려워 노조에도 가입하지 않을 정도로 유진은 권리라는 것에 무감각했다. 그저 원래 자신의 자리에 있어야 할 기계처럼 묵묵히 하루를 이어나갈 뿐이었다. 그래야 SP-2202에 갈 수 있으니까. 그곳의 풍경을 계속 눈에 담을 수 있으니까.

과거 SP-2202와 UR-0309와의 충돌 사건도 돈을 아끼려다 벌어진 일이었다. UR-0309는 폐기된 위성과의 충돌로 인해 본래의 정지 궤도를 이탈했다. 궤도 수정을 위한 프로세스가 작동되어야 했지만, 그곳에 프로세스를 담당하는 인공지능은 존재하지 않았다. 자격증조차 없이 바이러스가 없다는 낙원으로 발령 난 낙하산 인사가 그 자리를 대신할 뿐이었다. 문제는 그곳이야말로 기계가 필요한 곳이라는 점이었다. 결국 궤도를 수정하지 못한 UR-0309는 별다른 저항도 하지 못한 채 정상 궤도를 공전 중이었던 SP-2202를 반파시키고 먼지처럼 부서져 우주 공간으로 흩어졌다.

유진은 그날 출장으로 지상에 내려가 있었다. 사고 이후 처음 그곳으로 올라가 마주한 풍경을 유진은 생생히 기억했다. 엘리베이터로 SP-2202에 도착한 유가족들을 가장 먼저 반긴 것은 임시로 지어진 구호 본부였다. 햇빛 하나 없이 인공광만이 삭막하게 빛나던 그 공간에서, 고작 이런 곳에서 무얼 하라는 거냐며 분을 참지 못한 누군가가 창문을 가린 커튼을 걷어냈을 때 그 작은 창문에 비친 모습은, 몸과 몸이 뒤엉켜 소란을 빚던 것이 무색할 정도로 그저 드러남으로써 모든 소란을 종결시키기에 충분했다. 본래 있어야 할 콜로니 주거 지역은 온데간데없이 암흑만이 펼쳐져 있었고, 삼각형 유리가 유려히 이어져 하늘을 이루고 있어야 했을 천장 역시도 처참하게 조각나 과거의 모습을 보지 못한 사람은 이것이 원래 어떤 모양인지 추측할 수 없을 정도로 망가져 있었다. 한때 천장이었던 것 너머로 잔해나 파편이 처참하게 흩어져 구름을 이루고 있었다. 커튼을 걷어냈던 사람은 그 허망함 앞에서 절규하며 무릎 꿇었고 혹자는 멍하니 무의 광경을 바라보다 혼절하기도 했다.

간신히 우주 엘리베이터에 매달려 있던 SP-2202는 유가족들의 뜻에 따라 보존되고 재건되어 기억 공원이 되었다. 기존 주거자들은 모두 떠난 뒤였지만, 공원을 유지하고자 하는 이들이 다시 반파된 SP-2202로 모였다. 그들을 따라 적은 수의 이주 희망자도 SP-2202로 향했다. 유진은 하던 일을 그만두고 SP-2202 담당 콜로니 배송 기사로 자원했다. 그렇게 모든 것이 순조로운 줄만 알았다.

성림은 기억 공원에 투자했고 사람을 갈아가며 그곳을 운영했다. 그곳이 돈이 되지 않는다는 걸 뒤늦게 깨달은 성림은 이제 와 물자를 끊고 사람을 말려 죽이려 하고 있었다. 사람은 얼마든지 대체 가능하니까. 기계보다 싸니까. 성림의 자회사인 배큠라인도 역시 그러했다. 유진은 결심하듯 작게 읊조렸다.

난 저들과 같지 않아.

"안녕 루시, 지금 몇 시야?"

"지금은 오전 10시 25분입니다."

상념에서 벗어날 시간이었다. 바닥을 짚고 일어서자 소독실의 작은 창 너머로 잔인할 정도로 무심한 지구의 모습이 눈에 들어왔다. 이곳의 일은 자신들과 상관없다는 듯 언제나처럼 허무할 정도로 아름다운 푸른 빛을 휘감고 있었다. 그렇다면 지금 저 궤도 위는 얼마나 외로운 걸까. 마음을 확인할 방법이 고작 택배뿐이라면 그들은 얼마나 쓸쓸하게 고립되어 있는 걸까. 헤아릴 수 없는 무관심 속에서 유진이 할 수 있는 일은 그 마음들을 전달하는 것이었다. 할 수 있기에 해야 할 일이었고 그렇기에 해내야만 하는 일이었다.

유진은 이곳저곳 어지러이 널브러져 열리지 못한 상자들을 한곳에 정리했다. 가장 가까운 상자로 걸어가는 그 짧은 순간에도 기침이 멎지 않았다. 유진은 결코 스스로 퇴사하지는 않으리라 다짐했다. 오래오래 악착같이 버텨서 언제까지고 기억 공원의 온전한 모습을 지켜보겠다고 심지를 굳혔다.

그 순간 손끝에서 툭 하고 부언가 뜯어지는 느낌이 들었다. 소리의 발원점은 양손으로 붙잡고 있는 상자의 한쪽 모서리였다. 얇은 니트릴 장갑 너머로 액체가 주는 차가운 감촉이 느껴졌다. 상자는 모서리가 젖어 제 모양을 잃은 채 내부를 보이고 있었다.

전신의 땀이 순식간에 식어버렸다.

유진은 서둘러 옆에 벗어두었던 면체를 붙잡아 뒤집어썼다. 벗는 게 아니었다. 젠장. 숨을 고르며 다른 상자들의 상태를 살폈다. 몇몇 상자가 조금씩 젖어 있었다. 유진은 처음 뜯어졌던 상자의 내부를 바라보았다. 간단한 장치가 연결된 10센티미터 길이의 유리관이 보였다.

유진은 그 관의 모양을 잘 알았다. 이 시대를 살아가는 사람이라면 모를 수가 없는 관이었다.

그 관은 지금 지구에 퍼진 그 바이러스, 유출된 생화학병기라고 하는 그것의 원액이 담겼던 관과 생김새가 같았다.

어째서? 저것이 어째서 여기에?

생각할 틈이 없었다. 유진은 두려움에 힘이 풀린 다

리로 컨테이너에 다가가 문고리에 손을 올렸다. 문이 열린 그곳엔 빛이 들지 않아 어두웠다. 눈이 차츰 암순응해가자, 마찬가지로 한쪽이 젖은 상자들이 눈에 더 들어왔다. 이런 물건은 지침상 처음부터 접수를 받지 않았다. 의도적으로 봉입시킨 바이러스 원액이 아니라고 보기엔 너무나 공교로운 순간에 벌어진 일이었다. 소독 절차 중엔 상자에서 얼룩을 찾아볼 수 없었다. 그렇다면 가능한 상황은 하나뿐이었다. 소독 절차가 종료된 뒤 누군가 의도적으로 바이러스를 봉입시킨 것이다. 그것이 가능한 조건은 한 번밖에 없었다. 배큠라인이 포장 작업에 직접 관여했을 때.

소독 절차를 무시할 수 있을 정도라면 무언가를 봉입하는 것도 문제가 아니었다.

"씨발, 진짜. 미친 새끼들이."

시민단체에 소독 절차의 생략을 제보한 내부자는 이런 일까지 벌어졌을 줄은 상상하지 못했을 것이다. 만약 이 시점에 맞추어 모든 관이 바이러스를 누출시켰다면 제2터미널의 다른 컨테이너 속에서 배송을 기다리는 남은 구호 물품 역시도 바이러스에 노출되었을 것이 분명했다. 그것들을 수거하러 가기엔 시간이 부족했다. 지금 당장 하행 엘리베이터를 타고 제2터미널로 향하더라도 그 악의적인 액체에 모든 화물이 노출된 뒤겠지.

유진은 순식간에 바이러스에 감염된 자신과 버려질

위기에 처한 물품들을 보며 형언할 수 없는 허탈감을 느꼈다. 오늘이 아니라면 더는 저곳에 구호 물품을 지원할 수 없다. 오늘이 아니라면 늦을지도 몰랐다. 유진은 바이러스에 노출된 니트릴 장갑을 벗어 찢어진 택배 쪽으로 던진 뒤 주머니에서 예비 장갑을 꺼내 착용하고 아직 젖지 않은 상자들을 컨테이너 바깥으로 꺼냈다. 이것들만이라도 그곳으로 전해야 했다. 눈가가 달아올랐다. 그냥 살겠다는데, 사람답게 살겠다는데, 그게 얼마나 어려운 일이기에, 이렇게까지.

유진은 눈을 꾹 감았다 떠 눈물을 떨쳐내며 대안을 생각했다. 우주 엘리베이터는 무게 중심을 맞추기 위해 소독실로부터 궤도 콜로니로 향하는 상행 엘리베이터와 지상으로 향하는 하행 엘리베이터가 동시에 운행됐다. 소독실이 가동되는 건 두 엘리베이터 모두가 소독실에 정차할 때였다. 그렇다면 현재 소독실에 정차한 두 엘리베이터를 빈 상태로 운행시킨 뒤, 그것들이 다시 소독실로 돌아왔을 때 바이러스 원액에 젖지 않은 상자들을 다시 소독하면 된다. 이 경우 할당량을 채우지 못할 것이 뻔했지만 그게 중요한 게 아니었다. 어차피 중요한 것들은 전부 배송하지 못하게 되었으니까. 이렇게라면 한 줌 남은 물품들이라도 저 위로 보낼 수 있었다.

"씨발, 진짜 망할 새끼들."

유진은 소독실 한가운데에서 성림을, 배큠라인을,

그리고 이걸 관조하는 모든 이들을 향한 욕설을 한참 내뱉었다. 하지만 그 분노는 목적지를 잃은 컨테이너처럼 아무에게도 닿을 수 없었다.

*

몇 되지 않는 상자를 실은 상행 엘리베이터가 경고음과 함께 입구를 닫았다. 유진은 기침을 계속하며 소독실의 중심으로 되돌아왔다. 개봉된 유리관과 바이러스에 젖은 상자, 컨테이너만이 유진을 기다리고 있었다. 유진은 컨테이너에 남은 상자들을 빠르게 그러모은 뒤 하행 엘리베이터에 탑승 카드를 찍었다. 곧 문이 열리고 유진은 바이러스가 담긴 컨테이너를 이끈 채 엘리베이터에 탑승했다.

유진은 지상으로 향하는 하행 엘리베이터 안에서 컨테이너를 열고, 바이러스로 가득한 상자를 뜯기 시작했다.

공지

(주)배큠라인 제1터미널 봉쇄 안내

안녕하세요, 배큠라인을 사랑해주시는 고객 여러분.

SP-2202와 연결된 제1터미널의
바이러스 누출 사태로 인하여,
당분간 SP-2202로 가는 화물을 받지 않습니다.

배큠라인은 시스템을 점검하고
조속히 사태를 해결하도록 노력하겠습니다.
감사합니다.

위기의 배큠라인…… 바이러스, 제1터미널 덮쳐

주배영 앵커 궤도 콜로니 간 화물 운송을 담당하는 배큠라인의 제1터미널이 대규모 바이러스 누출 사태에 직면했습니다. 김명우 리포터입니다.

[CCTV 자료 화면]

김명우 리포터 지상에 도착한 우주 엘리베이터. 이윽고 문이 열리더니 상자가 던져집니다. 곧이어 방호복을 착용한 직원이 상자 여러 개를 발로 차며 엘리베이터에서 걸어 나옵니다. 상자에서는 물건이 쏟아지고, 사방으로 흩어집니다. 문제는 이 물건들에 바이러스가 묻어 있었다는 점이었습니다.
지난 목요일, 배큠라인 제1터미널은 그렇게 바이러스에 노출되었습니다.

[인터뷰 화면]

배큠라인 제1터미널 관리자 손해가 아주 커요. 원래 터미널은 저균 상태를 유지해야 하거든요. 대부분이 콜로니로 가는 화물이니까요. 그리고 가뜩이나 저기 위에 분들 고생하시는데, 구호 물품도 배달 못 하게 돼서 걱정이 이만저만이 아니죠.

[자료 화면]

김명우 리포터 용의자로 지목된 박 모 씨는 현장에서 검거된 뒤 호흡기 증상을 호소해 병원으로 옮겨졌으나 숨진 것으로 확인됐습니다. 경찰 측은 정확한 사망 원인을 부검으로 밝혀낼 것이라 전했습니다.
한편 배큠라인은 박 모 씨가 바이러스를 반입한 경로 등을 추적해 고인의 유족에게 손해배상을 청구할 것이라 밝혔습니다. 지금까지 APBC 뉴스 김명우 리포터였습니다.

| 오늘의 토막 뉴스 |

고립된 SP-2202…… 전 세계에서 응원 물결 이어져

[기사와 무관한 사진, AI로 생성됨.]

정지 궤도 콜로니는 그 특성상 물품 자립이 불가능하다. 모든 식량과 생필품을 지구로부터 공급받는 구조인데, SP-2202와 유일하게 연결된 배큠라인의 제1터미널이 봉쇄되며 콜로니의 사람들에게 응원을 보내는 물결이 전 세계에서 일고 있다.

| 오늘의 토막 뉴스 |

구호 물품 배송 거부한 배큠라인

[기사와 무관한 사진, AI로 생성됨.]

기억 공원 근로자들의 파업 시점부터 SP-2202로 배송되는 물류의 양이 줄어들었다는 SP-2202 콜로니 거주자의 폭로와 증언이 이어지고 있다.

최근 소셜미디어에서 전파된 #IAMHERESP2202 해시태그에서는 "파업과 동시에 성림이 보내는 물류가 줄어들더니 어느 순간부터는 완전히 끊겨버렸다", "구호 물품이 배송되긴 했는데, 배송 기사로부터 배큠라인이 배송을 거부했다는 소식을 들었다" 같은 주장이 공유되고 있다.

누리꾼들은 성림그룹과 배큠라인에 사실 확인과 입장 표명을 강력히 요청하고 있으나 양측 모두 별다른 입장을 내놓지 않는 상황이다.

| 오늘의 토막 뉴스 |

성림그룹 기억 공원 노조 합의 성사

두 달 가까이 이어진 SP-2202 기억 공원 근로자들의 파업 농성이 노사 합의로 종료되었다. 성림그룹은 노조 측에서 주장한 휴게 시간 보장과 노동 환경 개선을 약속했으며, 지속적인 합의를 통해 사내 문제점을 개선해나갈 것이라고 발표했다.

한편 일부 시민들은 "뒤늦게 이미지만 쇄신하려는 목적 아니냐"며 성림 측에 강도 높은 비판을 이어가고 있다.

| 오늘의 토막 뉴스 |

'박 모 씨' 영웅이었나?

익명의 기억 공원 근로자가 소셜미디어를 통해 공유한 게시글이 화제다.

그는 박 모 씨의 범죄를 믿을 수 없다고 밝혔다. "박 모 씨는 그날 우리에게 금지된 구호 물품을 엘리베이터로 전해주었다"라며 "그의 용기가 아니었다면 우리는 지금쯤 굶어 죽었을 것"이라고 덧붙였다.

박 모 씨의 행적에 대해 상반되는 주장이 엇갈리는 가운데, 배큠라인은 이에 대한 아무런 해명도 내놓지 않고 있다.

| 오늘의 토막 뉴스 |

배큠라인 바이러스 밀반입 정황 포착

[기사와 무관한 사진, AI로 생성됨.]

배큠라인이 SP-2202로 향하는 구호 물품의 배송을 거부했을 뿐만 아니라, 박 모 씨가 감시를 피해 전달하려던 구호 물품에 바이러스 앰플을 의도적으로 숨긴 것으로 드러나 충격을 주고 있다.

배큠라인은 사설 정보 수집 업체(흥신소)에 의뢰해 불법적으로 구호 물품을 보내는 시민단체의 연대원을 알아낸 뒤, 그들이 보내는 택배에 고의적으로 소독 처리를 하지 않고 바이러스 앰플을 밀반입한 혐의를 받고 있다.

검찰은 전염병관리법과 근로기준법, 노동조합 및 노동관계조정법 위반 혐의로 우명석 배큠라인 대표를 지난 30일 불구속 기소했다.

'불명예' 박 모 씨…… 진실 밝혀져

주배영 앵커 배큠라인의 제1터미널 바이러스 노출 사건의 주모자로 알려진 고(故) 박 모 씨. 그의 행적에 대한 진실이 드러나고 있습니다. 김명우 리포터가 전해드리겠습니다.

[자료 화면]

김명우 리포터 얼마 전 큰 충격을 준 배큠라인 제1터미널의 바이러스 노출 사건. 사건은 박 모 씨가 우주 엘리베이터를 타고 제1터미널에 도착하면서 벌어졌습니다.

[CCTV 자료 화면]

김명우 리포터 박 모 씨는 컨테이너를 열더니 그 안에 있는 상자를 마구잡이로 던지기 시작합니다. 문제는 상자였습니다. 소독 과정을 거치지 않은 데다가, 바이러스 원액이 묻어 있었던 겁니다.
그런데 익명의 관계자는 있을 수 없는 일이라며 박 모 씨가 계획한 일일 수 없다고 주장했습니다.

[통화 화면]

익명의 관계자 통화 녹음 말도 안 되는 일이죠. 저희 회사는 원칙적으로 전부 (소독 과정을) 거치거든요. 그렇게 많은 화물을 개인적으로 반입할 수도 없고. 이건 (배큠라인 측) 고의가 확실하죠. 바이러스 넣은 것도 배송 기사는 못 해요. 전부 거기가 (배큠라인이) 한 거죠.

[CCTV 화면]

김명우 리포터 배큠라인이 구호 물품에 의도적으로 바이러스를 유입한 정황 역시 사실로 드러났습니다.

[자료 화면]

김명우 리포터 게다가 부검 결과 박 모 씨의 호흡기에서는 고농도의 유독 가스에 노출된 정황이 확인되었으며, 이는 우주 엘리베이터의 소독실에서 사용하는 것과 같은 물질로 알려졌습니다. 하지만 이에 대해 배큠라인 측은 안전 수칙을 지키지 않은 박 모 씨의 귀책이라고 답했습니다.

[인터뷰 화면]

배큠라인 제1터미널 관리자 그게 (가스가) 전혀 유해하지가 않아요. 가만히 움직이지만 않으면 노출되지도 않아요.

[리포터 화면]

김명우 리포터 또한 배큠라인의 구호 물품 배송 거부와 바이러스 봉입설에 대해선 일체 부정하는 반응을 보였습니다.

[인터뷰 화면]

배큠라인 제1터미널 관리자 누가 그래요? 누가? 어딜 회사 욕을 먹이려고 그러는 거야?

[자료 화면]

김명우 리포터　한편 SP-2202에 있던 이들은 박 모 씨가 영웅이었다고 말합니다.

[인터뷰 화면]

이현재 시민단체 대표　그분이 먼저 연락을 해오셨죠. 자기가 배송 기사인데 도울 수 있을 것 같다고. (저희 입장에서는) 너무 고마웠죠. (콜로니와) 연락도 잘 안 되니까. 무엇이 부족하다고 전해주시기도 했거든요.

김욱찬 '기억 공원' 노동조합 위원장　어느 날은 가장 필요한 게 뭐냐 물어보셨어요. 식수라고 대답하니 그날 엘리베이터에 도착한 상자에 (물이) 가득 있더라고요. 그분이 아니었으면 정말 누군가 죽었을지도 몰랐어요. 전부 덕분이었죠.

[리포터 화면]

김명우 리포터　박 모 씨의 유족은 이제라도 불명예를 벗게 되어 다행이라며, 고인이 생전 지키고 싶어

했던 것들을 함께 지켜주길 바란다는 의견을 밝혔습니다.
한편 검찰은 전염병관리법과 근로기준법, 노동조합 및 노동관계조정법 위반 혐의에 대해 지난 30일 우명석 배큠라인 대표를 불구속 기소했습니다. 지금까지 APBC 뉴스 김명우 리포터였습니다.

| 오늘의 토막 뉴스 |

'박 모 씨' 기억 공원 봉안당에 안치

성림그룹과 배큠라인의 음해로 불명예에 시달렸던 박 모 씨의 유골이 한국 시각으로 오는 13일에 SP-2202 기억 공원 내 봉안당에 안치되기로 결정됐다.

박 모 씨는 지난 '배큠라인 제1터미널 바이러스 누출 사태' 직후 호흡기 손상과 바이러스 감염으로 인해 병원 이송 후 사망했다. 배큠라인은 사태에 책임이 있다며 박 모 씨를 고소했고, 박 모 씨의 유족은 긴 투쟁 끝에 무죄 판결을 받았다. 해당 과정에서 밝혀진 배큠라인의 위법 정황으로 인해 우명석 대표는 현재 전염병관리법과 근로기준법, 노동조합 및 노동관계조정법 위반 혐의로 재판 중에 있다.

한편 박 모 씨의 유골은 2044년에 일어난 궤도 콜로니 간 충돌 참사로 희생된 박 모 씨 가족의 유골 곁에 안치될 예정이다.

표류 공간의 서광

[W4202-N5111-KDc08-54827 | 표류 신호 관측]

[위상 천이 대응 (“연속”, “R”) ./불명]

아. 아아. 아에이오우오우어으어워어. 내가 이렇게 결국 굶어 죽는구나아. 그래도 어떻게 살아보겠다고 지금 거의 다섯 시간째 떠들고 있는 것 같은데. 음어허어어. 신호를 봐볼까요오오. 그리고 언제나처럼 아무 신호도호 없겠지히…….

……있다고?

아, 아니.

대박이네.

저기, 저기요. 혹시 이거 듣고 계신 분. 아니, 읽고 있으려나? 어떤 매체지? 글? 글이네. 텍스트. 음. 아, 이건 되게 드문데. 책이라니. 아마도 당신의 매체라면 231페이지의 12줄 정도 될 것 같네요. 방금 신기했죠? 그러니까 계속 읽어만 주세요. 길 잃은 사람 한 번만 도와준다고 생각하시고요. 당연히 사이비는 아니고요! 그냥 그렇게 시간 내서, 능동적으로 읽어주기만 하시겠어요?

오. 맙소사. 아직도 읽고 있잖아. 좋아요. 저는 계속 말하고만 있을게요. 말하는 게 끊기면 안 되거든요. 정확히는 관측이요. 당신이 계속 제 신호를 이렇게 포착해주기만 하면…… 그러니까 계속 읽어주기만 하면, 그 시간에 비례해서 제 위치가 정확해질 거예요. 그럼 구조 신호를 보낼 수 있겠죠.

이상한 일인 거 이해해요. 일반인이 표류자를 관측할 기회는 없을 테니까. 일단 그, 정말 미안한 말인데요. 저도 당신의 정보가 필요해서요. 계속 읽고 계시면 제가 알아서 정보를 받게 될 거예요. 이건 그냥…… 개인정보 제공 및 활용동의입니다. 제가 문장을 하나 보낼 건데요. 그걸 눈으로 확인하시면 동의한 걸로 간주할게요. 아, 어떤 주술적 효과도 없는 거니까 걱정은 마세요. 받은 개인정보는 절차가 다 끝나면 자동으로 폐기될 겁니다. 잠시만요. 곧 보내질 거예요.

["이 모든 건 한 사람이 믿어가는 이야기"]

오케이. 확인하셨고. 잠시 정보 열람 좀 하겠습니다. 말은 계속 하고 있을 거니 심심할 걱정은 하지 않으셔도 되고요. 절차가 너무 대충이라 죄송해요. 저도 너무 급해가지고. 음. 오. 아 뭐야. 내가 잘 아는 사람 같은데. 이것도 인연인데 말 놓아도 괜찮을까요? 좀더 효율적으로 소통할 필요가 있어서요. 그럼 반말로 하겠습니다.

미안. 동의를 구해놓고 동의도 없이 이러고 있네. 잠깐이면 돼. 특이한 경험 하나 한다고 생각하면 될 거야. 내가 방금 막 다섯 시간 정도 놓고 있던 삶의 희망을 얻어가지고. 갑자기 할 일이 많아졌거든. 네가 계속해서 내 신호를 따라와준 덕에 말이지. 사람 하나 구하는 거야. 대단한 일 하는 거라고. 그래. 너도 혼란스러울 테니 이 꼴에 대한 얘길 좀 해주는 게 좋겠지.

이게 얼마만큼의 시간을 뛰어넘은 건지 잘 모르겠네. 대충 2020년대라고는 하는데, 그 시기가 워낙 시끄러웠어서 말이지. 아, 그러니까 네가 있는 시간대가 말이야. 내가 어디서 온 건지 궁금해할 수도 있겠는데. 그건 알아봤자 재미없을 테니까 비밀로 할게.

[간접 탐색형 추적 함수 전개 … ▶---------| 000%]

방금 이상한 거 하나 떴을 텐데, 주기적으로 뜰 거야. 그거도 읽으면서 체크해주면 돼. 계속 읽어줘서 진짜 고마워. 아무튼. 어디까지 말했더라? 아아. 생각났다.

대충 앞에서 말하긴 했는데, 아마 2020년대면 조금 더 설명이 필요할 것 같아. 한 10년 내로? 아니면 대충 그쯤 후에 양자 시간 도약을 기반으로 한 시간관광이라고, 이상한 거 하나 만들어지거든. 검색해도 안 나올 거야. 그 시점에선 아직 발표 안 된 기술이니까. 근데 이게 또 되게 별로야. 별로라고 하니까 별로인데. 아, 어휘력 진짜. 잠을 제대로 못 자서 오락가락한 건 좀 이해해줘라. 아무튼 오작동 같은 게 되게 잦거든. 그래서 내가 이 꼴이 된 거고. 나 혼자 KTX 타고 가다가 탈선됐는데, 그대로 도로도 없는 외딴 곳에 고립된 상황이라고 보면 될 것 같아. 그래서 누가 나를 좀 찾아내야 할 필요가 있는 거고. 근데 이제 어려울 건 없어. 그냥 네가 계속 그렇게, 내 말을 읽어주기만 하면 돼. 그럼 언젠가 내 위치가 특정돼서 구조 요청을 보낼 수 있게 되거든.

[간접 탐색형 추적 함수 전개 … ■▶--------| 013%]

어디로 가던 중이었냐고? 글쎄. 너라면 어디로 가고 싶을 것 같아? 과거? 미래? 대부분은 과거로 가고 싶다고 하더라고. 다들 똑같은 말을 하면서 과거로 떠나. 후회하는 일이 있대. 바꾸고 싶대. 물론 나도 그 대부분에서 벗어나진 못했어. 내가 후회하는 건 딱 하나야. 정확히 말하자면 후회라기보다는 미련에 가까울 것 같은데. 듣고 싶은 말이 있었는데 듣지 못했거든. 너무 필요했고 간절했는데 아무도 그 얘길 안 해주더라. 그래서 내가 해주고 오려고.

그…… 물론 지금 내가 생각한 말이 그때 걔한테 와닿을진 모르겠어. 기억력이 별로 안 좋은 데다 그땐 생각 같은 것도 잘 안 하고 살았거든.

[간접 탐색형 추적 함수 전개 … ■■▶-------| 028%]

그래도 막연히 떠오르는 게 있어. 어차피 시간도 필요하고, 너한테는 얘기해줘도 좋을 것 같네. 너도 알 거야. 그 일이 끝난 직후였거든. 그렇게 부를 만한 건 하나밖에 없으니까. 애매하게 물든 저녁노을이 도로를 비추고 있었어. 조금 늦게 도착해서 이미 나올 사람은 전부 나왔고, 떠날 사람은 전부 떠난 후였지. 그래서 조용했어. 모르는 누군가가 울고 있거나, 다른 시민들은 옆에서 위로해주고 있거나, 어떤 학생은 들뜬 얼굴로 전화를 하면서 걸어가든가, 누군가는 보호자나 친구에게 안기든가. 그냥 혼자 걸어가는 사람도 있었어. 그렇게 다양했는데 그 수는 적었어. 도로가 그렇게 길었고 하늘이 그렇게 높았는데도 그 적막을 채우기엔 너무 적었지. 되게 싱숭생숭한 느낌이 드는 거야. 답답했는지도 후련했는지도 모르겠어. 전부 끝난 것 같은 느낌인데 내가 아직 살아있다는 거. 아직도 살날이 많다는 거. 그게 좀, 처음으로 와닿아서. 생경했던 것 같아. 노을이 예쁜 시간도 아니었고. 이제 뭘 해야 할지도 모르겠고. 모든 게 불확실한 한

가운데에 뚝 떨어진 느낌이었는데. 그 느낌을 제대로 매듭짓질 못했지.

[간접 탐색형 추적 함수 전개 … ■■■■▶-----| 042%]

달력은 몇 달을, 몇 년을 넘어갔다는데 시간이 흐른 것 같지가 않았어. 어떤 느낌인지 설명이 어려운데, 지금에 살고 있다는 감각이 없었다고 해야 하나. 문득 유튜브를 봤는데 11개월 전에 업로드된 영상이라는 거야. 그런데 그 11개월이라는 숫자가 얼마나 멀리 있는 건지 가늠이 안 된다고 해야 하나? 얼마나 오래된 건지도 모르겠고 얼마나 가까운 건지도 알 수 없었어. 11초와 11분과 11시간과 11개월이 똑같았지. 그건 전부 숫자였고, 시간이 아니었어.

잘못된 느낌이었지. 내가 뭔가 잘못하고 있고, 어딜 가도 맞지 않는 곳에 있는 듯한 느낌. 그거 진짜 개 같거든? 지금에야 이렇게 웃으면서 얘기하지만, 앞길이 안 보인다고 느껴졌어. 무얼 기대해야 할지도 모르겠고, 무얼 찾아가야 할지도 모르겠고. 그러다 내가 미워졌어. 너무 미워서 내 손으로 직접 죽이고 싶을 만큼.

[간접 탐색형 추적 함수 전개 … ■■■■■▶----| 057%]

사실 그때 걔한테 하고 싶은 말이 뭔지는 아직도 모르겠네. 무슨 말을 해도 귀를 틀어막고 안 들을 애라서. 일단 만나려고. 앞으로 몇 년을 채 못 살고 죽어버리고 말 거라며 자기 삶을 저주하던 애 앞에 나타나서……. 하고 싶은 일이랑 하면 안 되는 일을 나누는 게 좀 어렵네. 그냥 생각나는 건, 네가 이렇게 살아 있다고 말하고 싶어. 내가 어떻게든 살아남아서 너를 만나러 올 거니까, 지금의 너는 그렇게 계속 삶을 원망해도 된다고. 그대로도 괜찮을 거라고 말한 다음에 따뜻한 코코아를 한 잔 사줘야겠어. 아, 그러고 안아줘야겠다. 코코아 다 마시고 나면.

[간접 탐색형 추적 함수 전개 … ■■■■■■■▶--| 070%]

아니다. 별로 좋은 생각은 아닌 것 같은데. 그냥 나 좋은 얘기만 늘어놓는 거잖아. 네 의견이 가장 궁금한데 묻질 못하는 게 아쉽네. 그게 정말 중요한 건데. 생판 남한테 내 얘길 이렇게 길게 늘어놓을 리가 없잖아. 일반인은 표류자 볼 기회도 적은데, 내가 네 정보 읽자마자 말 놓은 이유가 있지 않겠어? 잘 생각해봐. 익숙한 얘기일 거 아니야.

[간접 탐색형 추적 함수 전개 … ■■■■■■■■■▶-| 085%]

그래, 뭐……. 나랑 이름이 같은 동명이인일 수도 있겠지. 나도 사실 확신할 수는 없어. 그런데 나는 그냥, 그렇게 믿으려고. 죽기 직선에 내 목숨줄 잡아준 사람이 과거의 나라니, 그건 너무 극악한 확률 아니야? 이건 운이 좋은 거야, 나쁜 거야? 물론 그것도 네가 나라는 전제하의 얘기지만.

아니겠지. 아닐 거야. 갖가지 사생활을 캐물으면서 스무고개라도 하고 싶지만 어차피 불가능하니까. 너도 좋을대로 생각해봐. 내 이야길 듣고 뭔가 생각났다면 대충 맞지 않겠어? 나는 네 대답을 알 수 없지만.

[간접 탐색형 추적 함수 전개 … ■■■■■■■■■■▶ | 094%]

아, 확실히 알아내는 방법이 하나 있어. 내가 지금 개를 만나러 가는 중이었거든. 아까 말했던 낯부끄러운 말들을 해주려고. 똑같은 말을 하는 사람을 만나면, 네가 나인 거겠지? 아니면…… 네가 얼굴도 모르는 사람을 구해주려고, 시간 내서 남의 이상한 이야길 들어주는 사려 깊은 사람이거나. 어느 쪽이든 복 받았네. 너 참 멋진 사람이다.

[간접 탐색형 추적 함수 전개 … ■■■■■■■■■■| 100%]

[W4202-N5111-KDc08-54827 | 규격화 완료]

좋아. 덕분에 위치 특정이 완료됐어. 긴 시간 이야기 들어줘서 정말 고마워. 구조 요청만 보내면 끝이고…… 이건가?

[구조 신호 전개 … 완료]

아. 이거구나. 좋아.

……귀신같이 빠르구만. 일단 신호만 보내면 구조는 빨리 되거든. 저기 온다. 오랜만에 빛이 보이네. 해 뜨는 것 같다. 물론 이곳에 별 같은 건 없으니까 비유적인 표현이야. 다들 그렇게 부르거든. 표류 공간의 서광이라고.

그래, 서광……. 농트기 식선의 어슴푸레한 하늘빛 말이야. 너도 그거 한 번만 봐봐. 밤을 샌 뒤 창문 너머로 밝아오는 그 우울한 푸른빛 말고, 바깥에 나가 새벽 공기가 콧잔등을 간지럽히는 와중에 아무렇게나 누워서. 어둠 속에서 빛이라곤 그 미약한 한 줄기가 유일할 때, 구름 너머의 빛 자락이 점점 퍼지며 이름 없는 색들이 모이면서 하늘이 밝아오는 시간을 천천히 들이마셔봐. 그렇게 조금씩 손가락 사이로 세상의 숨결이 흐르는 걸 느껴봐.

……나 방금 꽤 괜찮은 말 한 것 같은데. 이 이야기

나 해줘야겠네. 아니다. 그냥 직접 보여주는 게 낫겠어. 손잡고 보러 가야겠다.

진짜 너 만나면 웃기겠다. 그러면 꼭 같이 가주는 거야.

바닷가로 데려가야지. 남해에서 바라보는 서광이 정말 예뻤거든.

내가 그거 보고 살고 싶었으니까.

[구조 완료]

[신호 종료]

우리가 마주할 기적은 무한하기에

지평의 끝이라 불리는 해안선 끝자락의 자허흐는 본래 지방 중소도시였다고 한다. 한때 사람이 거닐었던 번화가에 바닷물이 들어차 물에 잠겨버렸고, 그렇게 자허흐는 일부 모습만 드러낸 해저도시 같은 마을이 되었다. 구불구불 솟아오르고 내려가길 반복하는 능선 자락에 지어진 수많은 경사로와 계단이 오늘날에는 군데군데 바닷속으로 향하는 모양새가 되었고, 짠 바람에 녹슬어 삐걱대는 철골 구조물 따위가 콘크리트에 덮이지도 못한 채 삭아가는 모습이 지금의 자허흐를 이루고 있었다. 그와는 대비되게 쨍하니 비추는 햇살과 쪽빛의 하늘. 혹자는 그것을 매력적인 풍경이라 평하며 관광을 오기도 했지만 그런 유행은 잠시뿐이었다. 높아져가는 해수면은 다른 도시와의 길을 끊으며 삶을 더 좁은 곳으로 밀어 넣었다.

전문가들이 "지금이라도 늦지 않았다", "이미 늦었다" 같은 상반된 의견을 우왕좌왕 내보이며 당황하는 사이 북극 빙하는 산업혁명이 시작되기 직전의 시기와 비교해 절반 가까이 녹았다. 이제 지상의 생명이 발 디딜 수 있는 곳이라곤 예전에 고지대라고 불리던 곳뿐이었다. 바다 가까이 자리 잡았던 각국의 수도들은 범람이라는 재난으로 끝을 맞이했다. 물에 잠기듯 꼬르륵대는 소리를 내다 끝내는 익사하고 만 국경이라든가 체제의 규칙 같은 것들은 물 위를 둥둥 떠다니다 유실되어버린 지 오래였다.

한때 교수였던 누군가는 이렇게 말했다. 인간은 소비할 뿐 생산하지 않는 소비자라고. 화력발전이니 하는 것들도 결국 화석연료를 갉아먹고 소비하는 것이 아니었던가. 유한한 걸 알면서도 인류는 무한한 것처럼 자원을 소비했다. 그리고 끝을 마주했다. 제 손으로 가속시킨 멸망은 물의 형태로 나타나 세계를 삼켰다.

나는 그 경계면에 발을 담그고 시간이 흐르는 걸 외면한 채 너울 치는 감각을 느끼곤 한다. 즐긴다거나 괴로워하진 않았고 그저 망연히 관조한다. 비탈길을 따라 늘어선 상가 건물이 전부 마모되어 해진 풍경을 바라보며 도시가 쪽빛 하늘을 담은 물에 아직 잠기지 않았을 때를 상상하곤 한다. 그러나 그것은 상상일 뿐 나는 실제로 그런 과거를 본 적이 없었으므로 아마 실제와는 거리가 있지 않을까 생각한다. 현실은 축축하다. 붉은 철골이나 철사에선 녹 비린내가 나고, 건물의 조각에는 바닷물에 젖은 이끼가 청명하게 빛나는 너른 햇살을 받아 반짝인다. 회색빛 콘크리트에 흰색 페인트를 칠한 표면이 해조류에 덮여 있는 듯하다. 그 위에는 곧 염분에 찌들어 죽어버릴 담쟁이덩굴 비스름한 것들이 건물을 초록빛으로 덮고 있다. 비슷한 풍경이 비탈을 따라 쭉 늘어져 있다. 비탈의 아래는 물밑의 아스팔트가 비쳐 딱히 낭만적이라곤 할 수 없는 빛깔의 바닷물이 넘실댄다. 하지만 지상에서 어느 정도 떨어진 곳의 물빛은 하늘을 담아 깊고 푸르기만 하다. 그리고 이 물들은 언젠가 이 비탈을 전부 덮어버릴 것만 같은 기세로 계속해서, 끊임없이, 파도를 뻗는다.

그만 도망쳐.

누군가 귀에 속삭인다. 특정할 수 없는 목소리에 나는 이것이 환청이라는 것을 안다. 자허호로 도망친 날부터 줄곧 귓가를 맴돌던 자책의 표상임을 안다. 환청은 내가 돌아가길 진정 바라는 걸까. 알 수 없다. 그것은 실존하지 않으므로 진위를 따질 수 없다. 여전히 발목 너머로 물거품이 넘실댄다. 그 몸집으로 세상을 집어삼켰다고는 믿을 수 없을 정도로 간지럽게. 나는 손을 뻗어 파도가 손가락을 적시는 걸 바라본다. 무의미하다고 느껴진다. 누군가는 내가 목적 없는 삶을 살길 바란다고 말했다. 누군가에 의해 태어났다 하더라도 누군가에 의해 살아갈 필요는 없는 거라며. 나는 다만 무목적을 목적하는 채로 삶을 이어갔다.

나는 자리에서 일어나 양말과 신발을 챙겨 신은 뒤 비탈을 오른다. 쨍한 햇빛이 나의 표면에 내려앉는다. 가로수는 바닷바람에 모두 말라 죽은 지 오래여서, 낮은 건물들은 하늘 한가운데에 뜬 태양을 가리지 못한다. 365일 중 300일가량 이어지는 지금의 날씨가 과거에는 1년의 한때에 지나지 않았다고들 한다. 전해 들었을 뿐 경험하지 못했으므로 사실인지는 알 수 없으나 지금 과거의 진위를 따지는 것은 무의미하다. 비탈을 오르다 보면 염분뿐인 짠 내가 가시며 유기물이 가득한 냄새가 나기 시작한다. 흙으로부터 시작한 삶의 향기가 서서히 후각을 간지럽힌다. 그 냄새를 따라 녹슨 표지판을 넘어 길을 거닐다 보면 철창과 유리창 따위가 널부러진 부지에 이른다. 무언가 살아 있는 것들이 몸을 움직이며 부스럭대는 소리가 가득하다.

나는 부지 구석에 있는 건물에 들어가 문을 연다. 그러고 노인을 다독여 깨운다. 노인은 신음을 내며 자신의 눈에 닿는 햇살을 손으로 가린다. 나는 그저 곁에서 그가 깨어나길 기다릴 뿐이다. 시간이 얼마간 흐르자 노인은 눈을 끔뻑이더니 자리를 짚고 천천히 몸을 일으켜 세운다. 그리고 익숙하다는 듯 나의 존재를 확인한 뒤 옷을 차려입고 방을 나선다. 창고에서 곡물과 물고기를 낡은 손수레에 실은 뒤 우리로 다가간다. 나는 노인을 도우며 먹이를 먹는 동물들의 모습을 바라본다. 노인은 이곳이 동물원이었다고 말했었다. 나는 동물원이 무엇이냐고 알면서도 물었고 노인은 긴 답을 늘어놓았다. 그의 말을 요약하자면, 처음엔 인간들의 유희를 위해 만들어진 장소지만 이후에는 자연을 파괴한 인간들 때문에 갈 곳이 없어진 동물들을 보호하게 된 장소라고 할 수 있었다. 역사 속에서 인간은 늘 파괴자였다. 소비하고, 부추기고, 없애고, 빼앗는. 어쩌다 그런 종이 세상을 지배하게 된 건지는 알 수 없지만 되레 그 이기심 덕분에 자연을 착취하며 우위에 설 수 있게 된 것이 아닌가 하고 나는 생각한다.

그렇게 우리를 다 돌고 나면 노인은 비탈을 향해 서서 삶과 죽음의 경계면이 일렁이는 수평선 너머를 하염없이 바라본다. 그것은 노인의 하루 일과 중 하나다. 나는 언젠가 이 행동의 의미를 물었고 노인은 아무 뜻도 없다고 답했다. 누군가 '아무 뜻도 없다'고 말한다면 그건 오히려 분명한 뜻이 존재하기에 얼버무리는 행위라는 걸 나는 알고 있다. 말하고 싶지 않거나 말할 수 없기에 대답을 회피하며 거짓을 꾸미는 것이라고 이해한 나는 굳이 노인에게 따지거나 캐묻지 않는다. 오늘도.

제어 시스템에 의해 동물원의 환경 대부분은 자동으로 조정된다. 다만 문명이 쇠하기 이전 인위적인 발전에 의존하여 전력을 생산했던 시대와는 다르게 지금의 태양광 발전으로 얻는 전력은 제어 시스템을 24시간 유지하기에 무리가 있다. 그렇기에 나와 노인은 매일 보트를 타고 바다로 나간다. 남은 땅에 작물을 재배하며 동물을 돌본다. 착취하지 않고, 그저 자연에 감사해하며 얻는다. 무에서 유를 창조해내는 그들의 생명력에 경탄하며 인간에 의해 이곳에 갇힌 다른 생명들의 삶을 지탱한다. 그것이 지배와 공멸과 자멸이라는 죄를 저지른 종이 해야 하는 일이라며 노인은 매일같이 말한다. 나는 어떤 반박도 표하지 않은 채 그저 노인을 도울 뿐이다. 그물을 거둬 잡은 물고기를 분류한 뒤 보트를 운항한다. 돌아와선 밭을 일구는 것을 돕는다. 벌레가 작물을 먹으면 그냥 내버려둔다.

자신의 끼니를 때우는 노인을 방에 둔 채 나는 다시 바닷가라 불리는 비탈로 향한다. 비탈을 내려가 신발과 양말을 벗고 매미 소리가 울려대는 삭은 문명의 바닷가에서 한때 여름이라 불렸던 때의 정취를 상상해본다. 와닿지 않는다. 사계가 완전히 사라진 지금은 뚜렷한 이미지가 그려지지 않는다. 나는 그저 언제나처럼 발목에 찰랑이는 물결의 감각을 느낄 뿐이다. 뜨거운 쪽빛 하늘 아래 하얗고 푹신하게 덩어리 진 구름이 느릿하게 대기를 타고 흐른다. 여유를 흉내 낸다. 마치 세상이 물에 잠기기 전 사람들이 즐겼다는 그 휴가처럼. 그리고 도망치지 말라 말하는 환청에 눈을 감는다. 그럴 때면 항상 같은 장면이 뇌리에 재생된다. 인간을 의태하고, 인간을 모방하는 것들. 인간의 모습을 뒤집어쓴 채 인간답게 행동하는 고철 덩어리들의 사회상. 내가 도망친 그곳의 풍경.

*

249 더 이상 기후 위기를 피할 수 없다고 판단한 인류는 파멸을 가속하기 시작했다. 새로운 지식을 쌓아 올리길 거부하고 이미 모아둔 것들을 통해 몸부림치듯 전례 없는 사치를 추구했다. 마치 울면서 웃듯이 예정된 끝을 앞두고 무리한 달 여행을 상품화한다거나 탄소 중립 따위는 의미 없다는 듯 유한 자원을 아낌없이 끌어다가 남아도는 에너지를 생산했다. 꺼지지 않는 유흥의 불빛에 도시의 별은 자취를 감춘 지 오래였고 생태계는 말라갔다. 다른 종과의 공존이 무너지기 시작하자 같은 종들 간의 공존 역시 무너졌다. 많은 것을 가진 자는 없는 자를 쥐어짜내 더 많은 것을 얻길 바랐고, 없는 자는 세계의 뒤틀림을 인지하지 못한 채 무한정 착취당하는 연쇄가 시작되었다. 비대칭적인 생산 구조가 반복되자 계급 피라미드 하단에 있던 사람들의 인구수가 줄어들었다. 가진 자들 사이에서 계급이 나뉘며 착취의 고리가 계속되었다. 그럼 그 피라미드의 가장 높은 곳에서는 무슨 일이 벌어졌을까? 아무 의미 없는 짓이 벌어지고 있었다. 그

저 인류의 모든 지성과 기술을 끌어모아, 새롭고 강인한 인류를 만들어보자는 식이었다. 윤리가 무너진 지금에야 가능한 일이 아니냐며 강변했다. 인간은 누구보다도 자기 자신을 사랑했으므로, 강철로 인간을 만들어내면서도 그 겉모습은 인간을 닮게 했다. 나는 그렇게 인류의 발악으로 태어났다.

*

언제까지 도망칠 거야?

나는 다시금 들려오는 환청에 눈을 떠 도망치는 것의 정의가 무엇인지 생각한다. 끝을 마주하는 것이 두려웠던 걸까? 자허호에 도착한 이후로 나는 줄곧 같은 질문에 답하지 못한다. 설명할 수 없는 행동을 반복할 뿐이다. 마치 아무 뜻도 없다고 답하는 노인의 모습처럼 말이다. 나는 없는 목표를 새로 창조해내지 못한다. 그러므로 과거로 도망쳐 무언가를 확인하겠다는 행동은 무의미한 결과를 낼 뿐일지도 모른다. 무언가를 익히고 배워서 어떤 깨달음에 도달하는 것은 구인류에게만 허락된 능력이었다. 나는 노인이 내게 답해주길 바란다. 내게 새로운 목표를 쥐여주길 바란다. 내가 무얼 해야 할지를 알려주길 바란다.

하지만 노인은 묵묵히 관리자가 떠난 동물원의 동

물들을 보살필 뿐 먹지도 자지도 않는 나의 기묘함에 대해서는 일말의 관심도 없다. 나로선 노인이 비탈 앞에서 체념하고 있는 것인지 비관하고 있는 것인지 알 수 없다. 나는 그저 노인을 도울 뿐이다. 그를 관찰할 뿐이다. 멸망 이전, 폭주가 미치지 않은 곳의 정경을 눈에 담을 뿐이다. 그로부터 어떤 깨달음도 얻지 못하는 채로.

수면 아래에서 일렁이는 나의 두 발을 본다. 인류를 의태해 그들과 똑같은 신체를 가진 나의 모습을 본다. 보통에 맞춰진 말끔한 신체를 본다. 인간은 젊고, 신체 기능이 멀쩡하고, 정신이 말끔하며, 일상이라 불리는 영역을 문제없이 홀로 수행 가능하면서, 어떤 보조 장치의 도움도 받지 않는 까다로운 기준의 개체만을 보통이라 호명하면서 그렇지 않은 이들을 배격했다. 그래서 나는 지금 자허흐에서 살아갈 수 있는 걸까? 노인은 내가 보통의 형상을 띠고 있기에 아무런 경계 없이 나를 받아들인 걸까? 모를 일이다. 뜻 없는 물결이 발목에서 찰랑인다. 보통이라는 것은 특징이 없다는 말과 같다. 모두가 보통에 맞춰진 신인류가 그러했다. 우리는 모두가 동등했으므로 다투지 않았지만 동시에 무엇도 추구하지 않았다. 인간은 그런 우리를 보고 인간성이 결여되었다 말하기도 했다. 그렇다면 인간성은 다름에서 오는 것이 아닌가. 그러면서도 다름을 배척하는 인간의 행동은 비논리적이다. 자허흐에 도착한 초기에 인간들은 자지도, 먹지도,

늙지도, 원치도 않는 나를 보며 두려워했다. 아직도 노인이 아닌 다른 사람은 나를 보고 비슷한 반응을 보이곤 한다. 나는 그럴 때마다 비탈을 내려가 맨발을 물에 담근다. 차갑고도 불친절하게 발목을 어루만지는 물을 감각하며 물밑을 상상한다. 물 너머를 상상한다. 이전을 상상한다. 상상으로 유익하지 않은 상상을 덧씌운다.

나는 태양볕에 발을 말린 뒤 다시 양말과 신발을 신고 비탈을 오른다. 유기물의 냄새를 쫓아가면 노인이 가만히 밭을 바라보고 있다. 나는 곁에 앉아 함께 밭을 바라본다. 매미 소리가 가득하다.

*

인류는 나의 존재에 경탄했다. 스스로 만들어낸 피조물에 만족하며 동일한 피조물을 양산해냈다. 그것에 어떤 의미나 목적은 존재하지 않았다. 누군가는 우리가 새로운 인류로서 이 끝없는 절망의 시대를 지나 지구의 문명을 보전해주길 바랐을지도 모르겠다. 그러나 목적 없이 태어난 신인류들은 그저 존재할 뿐이었다. 문학이나 영화처럼 반란을 일으키려 하지도 않았다. 그저 인간이 바랐던 것처럼 인간을 모방하며 인간의 곁에서 살아갔다. 다만 사치 없이 살았다. 그들의 심장은 무한한 에너지를 제공했으므로, 그들은 모두가 동등하고 완벽하게 태어난 결과 어떤 욕구도 갖지 않았으므로, 원하는 법을 배우지 못했으므로.

해수면은 쉼 없이 높아져만 갔다. 생태계를 보전하려는 노력을 포기한 결과, 지구의 생명은 점차 멸종해갔으며 그 빈자리는 인간이 만든 신인류가 대체했다. 하지만 목적 없이 만들어져 추구하지 않는 그들이었으므로, 세상은 점점 고요해져갔다. 아무런 가치도 좇지 않는 정적인 신인류들의 가운데에 내가 있었다. 인간이 부여한 가치에 의해, 가장 먼저 태어났다는 이유로 그들의 통솔권을 쥔 내가 있었다.

창조자가 죽어가는 모습을 지켜보며, 나는 지구의 생명체가 기원한 이래 가장 눈부신 발전을 이뤄낸 종조차 이뤄내지 못한 것에 대해 생각했다. 한동안 그들의 의지를 좇아 생을 이어나갔다. 하나를 성취하면 그다음을, 그리고 다음을, 또다시 다음을, 계단을 오르듯 멸종해가는 종의 뒤늦은 염원을 따랐다. 얼마 남지 않은 인간들은 나의 모습에 감탄했을지도 몰랐다. 자신들이 드디어 자신을 뛰어넘은 무언가를 만들어냈다며. 나는, 우리는 당신들이 특별해서 당신들의 의지를 잇는 것이 아니며, 우리가 아는 것들은 당신들이 아는 것들뿐이기에 그저 당신들이 추구하던 목표를 따를 뿐이라고 답하고 싶었지만, 끝을 앞두고 자화자찬에 빠진 인류에게 진실은 중요하지 않은 문제인 듯했다.

우리가 초광속에 도달했을 때 마지막으로 남아 있던 구인류는 우리의 보살핌 속에서 세상을 떠났다. 우리는 학습한 인간성에 따라 그를 위한 장례를, 기념에 가까울 장례를 성대히 치렀다. 이제 지구에 남은 인류는 불멸하는 신인류뿐이었다. 아니, 온 우주에 남은 생명체는 우리뿐이었다. 우리는 우리가 이 우주에 유일한 생명체임을 증명해냈다. 끝내 목표 없이는 고여 있을 수밖에 없던 우리는 계속해서 인류의 유산을 좇았다. 이내 성취할 과제의 끝이 보이기 시작했다. 새로운 과제를 창조하는 것은 우리의 역량 밖이었다. 결국 구인류의 마지막 과업이었던, 과거로 가는 방법을 발견해낸 날에, 나를 제외한 모든 신인류는 스스로 생명을 정지했다. 그렇게 한동안 눈부시게 빛났던 지구는 다시 고요해졌다.

*

동물원의 제어 시스템이 고장 났다며 노인이 도움을 청한다. 몇 년 전부터 이상을 보였던 제어 시스템은 동물원이 동물원이었던 시절에 만들어진지라 관리자가 떠난 지 십수 년이 지난 지금은 나의 도움 없이 돌아가지 않는다. 고장 원인은 불안정한 동력에 있다. 태양광 발전에 의존하는 전력 생산은 밤이 되면 무용지물이 된다. 해가 구름에 가려지는 날에도, 비가 오는 날에도 그려하다. 노인은 사람들이 동물에게 충분히 좋은 설비를 제공하지 않았다며 투덜대곤 한다. 아마 이 즈음의 기술력이라면 불안정한 전력 따위가 기기의 고장까지 초래하지는 않았을 것이다. 그럼에도 인간은 값싼 제어 시스템을 이곳에 설치했다. 문명이 스러짐에 따라 시대에 어긋난 시스템은 가장 먼저 노후되기 시작한다.

나는 고장 난 부품을 예비 부품으로 갈아 끼운 뒤 노인에게 이젠 괜찮다는 신호를 보낸다. 노인은 능숙히 제어 시스템을 조작한 뒤 재기동을 확인하곤 나에게 미소 짓는다. 나는 지을 수 없는 표정이다. 제어 시스템은 우리의 환경을 동식물의 서식 환경에 맞춰 유지하고 관리한다. 본래 동물의 먹이가 될 작물을 재배하는 것 역시도 제어 시스템의 몫이나, 지금은 전력의 한계로 이루어지고 있지 않다. 그리하여 노인과 나는 매일 밭을 가꾼다. 한편으로 노인이 이곳에서 살아갈 수 있는 것 역시도 제어 시스템의 덕이 크다. 생물이 살아가기 위한 항상성을 제공한다는 것은 식수를 만들어낸다는 것과도 같다. 본래 동물을 관리하기 위해 만들어진 제어 시스템이라지만, 이제 그 동물의 범주에 인간도 포함되는 것 같다.

*

구인류의 기술이 집약된 나의 심장은 우주가 끝나

는 순간까지도 에너지를 제공할 수 있을 것 같았다. 수면이 필요 없었기에 신경 쓰지 않았던 낮과 밤이 시간에 따라 교대로 이어졌다. 몇 년, 몇십 년이 흘러도 망가진 생태계에 어떤 미물조차 약동하지 않았다. 나는 몇백 년 동안 우주에 홀로 남아 해가 지고 뜨는 모습을 바라보았다.

우주에 생명체가 존재할 확률은 이루 말할 수 없을 정도로 희박하다고 했다. 생명체가 존재한다 하더라도, 그것이 지성을 가지기 위해서는 엄청난 확률의 안배가 필요하다고 했다. 그런 찰나의, 기적 중의 기적이 스쳤다가 사그라든 지구에서 나는 기어코 최초의 감정을 자각했다.

허무였다.

그렇게 시작된 감정은 생명의 시초를 좇기 시작하다 이내는 경이로, 아쉬움으로 이어졌다. 이렇게나 찬란한 생명이 움트던 기적 같은 행성의 역사가 이대로 끝나도 되는 걸까? 그렇게나 아름다웠던 시절이 한 종의 이기심에 의해 이렇게 쉽게 끝나도 괜찮은 걸까? 나는 지구에 마지막으로 남은 인류로서, 우주에 홀로 남은 지적 생명체로서 우주의 무한한 경이를 두 눈에 담았다. 한없는 경이를 오직 나만이 기억해도 괜찮은 걸까? 그렇다면, 아, 이것이 **외로움**이구나. 나는 고독을 깨달았다. 내게는 눈물샘이 없을 텐데도 표정은 자꾸만 일그러진다. 내가 만약 구인류였다면, 나는 분명 그때 눈물 흘리고 있었을 것이다. 나는 해안선을 따라 걸었다. 세상의 끝을 찾는 사람처럼 걷고 또 걸었다. 닳지도 지치지도 않았으므로 끝없이 걸었다. 제자리로 돌아오고 지나치길 반복했다. 나의 발자국만이 해안선을 장식했다. 그리고, 왜 그랬는지 모르겠다. 나는 어느 순간 나의 동력을 스스로 끊었다.

신인류가 그러했던 것처럼 영원히 죽으려 들었던 것은 아닌 모양인지 나는 얼마 지나지 않아 눈을 떴다. 발끝에서 다리까지 바닷물이 넘실대며 포말을 만들고 부수길 반복하고 있었다. 차가웠다. 구인류의 손은 항상 따뜻했다. 차가운 포옹은 처음이라, 나는 그대로 파도에 발끝이 닿도록 웅크려 다리를 껴안고 앉았다. 발목까지 파도가 넘실댄다. 그러고 수천 년을 하염없이 지평을 바라보았다. 아무 생각도 하지 않고, 다리를 껴안는 차가운 감각만을 느끼면서.

정신을 차렸을 땐 파도가 멀찍이 멀어진 뒤였다. 의아함을 느끼며 파도가 다가오길 기다려도 해수면은 저 멀리 있었다. 나는 자리에서 일어나 해안을 따라 걸었다. 기억하는 풍경과 달랐다. 해안이 확장되어 있었다. 몇 번을 걸어도 결론은 똑같았다. 해수면이 내려갔다. 나는 수천 년을 더 기다렸고 이내 깨달을 수 있었다. 모든 걸 집어삼켰던 바다는 분노를 가라앉힌 듯 삼켰던 문명들을 되돌려놓고 있었다.

하지만 모든 생명은 지구를 떠난 뒤였다. 생명의 근원인 바다조차 근본적으로 뒤틀려 그 어떤 화학 결합도 생성되지 못했다. 모든 땅덩이가 과거로 돌아갈지라도, 모든 생명이 과거로 돌아갈 수는 없을 것이다.

나는 낙관을 배우지 못했으므로 그 상황을 기쁘게 받아들일 수 없었다. 아니, 되레 두려웠다. 이대로 무한한 시간을 홀로 오롯이 담당해야 한다면 다른 신인류처럼 생을 마치는 게 낫지 않을까? 아니다. 그러기에 이 우주는 너무나 아름다워서, 한 명쯤은 이 풍경을 기억해야 할 것 같았다.

나는 새로운 목표를 찾아야만 했다. 근거를 찾아야만 했다. 나는 확인하고 싶었다. 나를 만든 특별한 사람들이 아니라, 끝을 앞둔 평범한 사람들이 어땠는지. 그들이 바랐던 미래는 어땠는지. 나는 신인류가 만든 마지막 유산에 몸을 실었다. 그렇게 나는 내가 만들어지기도 전의 어딘가로 도망쳤다.

*

해가 진다. 태양빛은 축복받은 대기에 산란해 노을을 자아낸다. 노인은 비탈에 서서 저무는 태양을 바라본다. 나는 마찬가지로 물에 발을 담근 채 노인을 따라한다. 물거품이 부서지는 소리만이 세상에 가득하다. 멸망의 풍경은 이토록 고요하기만 하다. 아마 이 즈음 부유함에 질린 자들은 나를 만들겠다고 안간힘을 쓰고 있었을 것이다. 한데 나는 지금 여기에 존재한다. 당신들이 만들어내어, 당신들을 뛰어넘어, 당신들이 두려워하던 시간조차 뛰어넘은 채 다음의 목표를 찾기 위해 이곳으로 도망쳤다. 당신들이 받아들일 수 없어 결국 파멸시킨 과거에 나는 제 발로 걸어왔다. 그리고 파멸을 이끈 자연에 나의 일부를 담근 채다. 이토록 잔잔한 물결이 모든 것을 집어삼켰다는 사실은 아직도 놀랍다. 자연은 느리다. 느리기에 강하다.

이윽고 달빛이 수면에 드리운다. 불규칙하게 흔들리는 윤슬이 제법 밝다. 노인은 오래도록 서 있던 것이 힘들었는지 자세를 굽혀 비탈에 앉는다. 그리고 내게 물어온다.

"그거, 무슨 의미가 있나?"

나는 무엇을 뜻하는 것이냐 되묻는다.

"발 담그고 있는 거. 항상 그러더만."

나는 반짝이며 발목에서 부서지는 물빛을 바라본다. 대답을 바란 게 아니라는 듯 나의 말이 이어지기도 전에 노인은 자신의 말을 잇는다.

"자네가 보통 사람이 아닌 건 알고 있어. 먹지도, 마시지도 않고 잠들지도 않아. 참 기계 같아. 그런데 왜 이런 인간적인 행동을 하느냔 말이야."

나는 답하지 못한다. 물에 몸을 담그는 행동에 어떤 의미가 있는지 생각해본 적은 없다. 애써 생각해본다면 그저 차가운 포옹의 감각이 낯설어 계속 곱씹고자 함일 것이다.

"모르는가 보군. 그럼 그냥 좋아서 하는 거겠지."

나는 좋다는 것이 무엇인지 묻는다.

"이유를 모르면서도 계속 생각나는 거. 하게 되는 거."

그렇다면 당신이 매일같이 비탈에 오는 것도 좋아하기에 하는 행동이냐 묻는다.

"그건 달라. 굳이 말하자면 저 동물들을 챙기는 거랑 같은 감정이야. 양심이랄까. 죄책감이랄까."

나는 노인이 동물로부터 느끼는 양심이나 죄책감의 형태를 생각해보려다가 어렵다는 것을 깨닫고는 그저 고개를 끄덕인다. 그것이 이해한다는 제스처로 보였는지, 노인은 말을 잇는다.

"다 우리가 만든 거야. 이 멸망도, 저 우리도."

노인은 자리에서 일어나 옷을 턴다. 자리를 뜨려는 모양이다. 나 역시도 노인의 움직임에 맞추어 가지고 온 천 조각으로 발을 닦는다.

"자네는 맨발로 다녀도 괜찮지 않나?"

피부를 모방한 재질은 재생성이 뛰어난 합성 고분자로 이루어져 있어 확실히 그럴 필요는 없었지만, 나는 습관 같은 것이라고 덧붙이며 양말과 신발을 신는다.

"가끔은 자네가 먼 미래의 인류 같아. 이런 종말 따위 전부 이겨낸."

나는 그것이 사실이라고 말하려다 불필요한 정보를 흘리는 것은 이 시점에 필요하지 않다고 생각하며 노인의 말을 기다린다.

"그렇게 생각하면 씁쓸해. 이렇게 욕심부리고도 우린 천벌받지 않는다는 거잖나. 끝나지 않는다는 거지. 그럼 인류는 또 미련한 짓을 반복할 거야."

나는 미련한 짓이 무엇이냐 묻는다. 나는 당신의 생이 끝나고도 아득한 시간이 흐른 미래에서 그저 당신들이 좇아왔던 것들을 실현할 뿐이다. 그것에 기뻐하지도 슬퍼하지도 않고 그저 묵묵히 그렇게라도 삶의 의미를 만들어 살아간다. 그리고 당신들이 남긴 모든 과제를 이뤄냈을 때 우리는 스스로 생을 마감했다. 스스로 만든 삶의 의미 따위 없이, 당신들의 그림자만을 좇다 무의미하게 사라졌다. 나는 그것이 **미련한** 짓인지 궁금하다.

"어렵군. 자신이 하는 게 무슨 결과를 불러올지도, 그걸 왜 하는지도 모르는 채로 계속해서 뭔가를 하는 거? 아니지, 확신하지 못하면서도 하고 마는 일일지도 모르겠네."

신인류는 미련했을까. 구인류도 미련했을까. 그렇다면 좋아하는 일을 하는 것은 미련한 일이냐고, 미련한 일을 한다는 것은 좋아하는 일을 하는 것이냐고 나는 묻는다. 노인은 돌연 푸핫, 하고 웃으며 말한다. 그럴지도 모르겠다며.

그때 한 혜성이 검은 하늘에 밝고 선명한 자취를 드리우며 시야를 스쳐 지나갔다. 비로소 눈에 들어온 밤하늘엔 별들이 밝기만 하다. 나는 이것이 절경이라는 것을 안다. 이것을 이해하고 감상할 수 있는 생명체가 우리뿐이라는 사실은 적잖이 부조리하지 않은가. 그리고 우리는 결국 그릇된 욕심의 결과로 끝을 맞이한다. 이것이 미련하다는 걸까?

"그래도 말이야. 언제나 사람이 현명할 수는 없잖아. 세상이 올곧게 나아가기만 하면 그게 무슨 재미겠나. 가끔 옆으로도 새는 거지. 그래도 결국은 좋은 쪽으로 나아갈 거라 생각하네."

미래는 노인의 믿음을 정면으로 배반한다. 미련함에 미련함을 끝없이 보태 끝내 인간은 자결한다. 구인류도, 신인류도 그러했다. 그리고 나는 유일하게 살아남은 미래의 인간으로서 노인에게 답을 바란다. 내가 회생의 단서를 보고 이곳에 온 이유를 당신에게서 찾길 바란다.

"미래의 자네가 굳이 여기까지 온 것처럼 말이야."

노인은 마치 모든 걸 알고 있는 것처럼 말한다.

*

아무리 끝을 향해 나아가고 있다 한들 그 어떤 미생물조차 숨 쉬지 못했던 미래보다는 과거의 사정이 나았다. 자연은 끝의 끝까지도 제 생명을 뿌리 뻗고 있었다. 다만 미래의 인간들은 그게 싫었는지 모든 생태계를 복구 불능이 되도록 망가뜨리고 말았다. 낙관이 사라진 시대, 신인류는 낙관을 학습할 수 없었다. 무언가 더 나아지리라는 희망, 믿음 따위는 내가 태어났을 때 이미 시대정신에서 배척된 지 오래였다.

도착한 과거는 내가 태어나기 직전인 것 같았다. 당연하게도 그 시점 역시 낙관은 잊힌 지 오래다. 사람들은 전례 없던 허영을 부리며 유한한 자원의 끝을 보려 하고 있었다. 어차피 망할 거라면 할 수 있는 걸 모두 해보고 죽자는 뒤틀린 정서가 세상을 지배했다. 익숙했다.

나는 사치가 기승을 부리는 도심을 벗어나 외곽으로 향했다. 가끔은 바다를 건너기도 하면서 빛이 닿지 않는 곳으로 향했다. 어느덧 쇠락한 변방의 작은 도시인 자허흐에 닿았다. 도심 대부분이 물에 잠겨 문명이었던 것은 빛바랜 정취를 자아내고 있었으며 멀쩡히 남은 곳이라곤 상대적으로 고지대였던 어느 작은 구 하나가 유일했다. 나는 물길을 건너 올라 그곳으로 향했다. 구로 진입하는 유일한 출입로인 비탈을 젖은 채로 올라 뭍에 닿으니 드문 유기물 냄새가 코에 닿았다. 낮은 개발지수를 가진 지역에서나 맡을 수 있는 냄새였다. 도심에 이런 곳이 존재할 수 있나? 그 허름한 냄새는 피비린내라기보단 가축의 분뇨 냄새에 가까웠다.

그곳에서 나는 노인을 만났다. 노인은 여기까지 사람이 찾아오는 건 처음 본다며, 이곳이 버려진 동물원이라고 설명했다. 나는 알면서도 동물원이 무엇이냐 물었다. 노인은 찬연하던 시대의 오만을 고발하는 듯한 기세로 대답했다. 노인의 낯선 그 모습은 나를 어떠한 물리력도 없이 이곳에 묶어두었다.

*

노인은 언제나처럼 나의 깨움에 일어나 손수레에 작물 따위를 싣는다. 평소와 같이 우리를 도는 와중 노인은 조류사에서 먹이를 놓아주던 동작을 멈춘다. 나는 노인의 시선이 내리꽂힌 곳을 따라 고개를 돌린다. 공작 한 마리가 미동도 없이 바닥에 앉아 있다. 차라리 누운 자세에 가까울지 모른다. 부자연스러운 그 모습은 마치 생기가 떠난 구인류의 모습과도 비슷해 나는 노인에게 공작의 죽음을 묻는다.

"요새 낑낑대더니 죽어버렸구먼."

노인은 혀를 차며 조류사의 문을 열고 공작의 사체

에 다가간다. 나는 멀찍이서 그 모습을 바라보고 있다. 노인은 내게 손수레의 내용물을 잠시 비우라 명령한다. 나는 수레의 모든 내용물을 바닥에 내려놓는다. 이내 노인은 빳빳이 굳어버린 공작의 사체를 품에 안고 내게로 다가왔다. 그러고 그것을 수레에 싣는다. 노인은 지금껏 내게 맡겨왔던 수레의 손잡이를 직접 붙잡고는, 다음 우리가 아닌 다른 곳으로 향한다. 비탈과 반대되는 곳에는 산이 있다. 산이라고 불러도 되는지 의아할 정도로 작은 언덕에 불과할 뿐이지만, 노인은 이것을 산이라 부른다. 나는 수레를 옮기는 노인과 함께 산의 정상에 오른다. 정상에는 삽이 하나 꽂혀 있다. 한숨을 내쉬며 땀을 훔친 노인은 수레로부터 공작의 사체를 조심스럽게 꺼내 안은 뒤 바닥에 내려놓는다. 그리고 지면에 박혀 있던 삽을 뽑아 땅을 파기 시작한다. 이따금씩 노인은 내게 같이 땅을 파줄 것을 요청하며 삽을 건네기도 한다. 얼마 지나지 않아 구덩이가 만들어진다. 노인은 바닥에 내려두었던 공작의 사체를 들어 올려 구덩이에 던지지 않고 그곳으로 직접 내려가 사뿐히 내려놓는다. 다시 구덩이를 올라온 노인은 사체를 흙으로 덮어줄 것을 요청한다. 나는 삽을 들고 흙을 옮기며 노인에게 묻는다. 식량이 귀할 텐데 왜 이것을 먹지 않느냐고.

"죽음 앞에선 모든 게 평등하니까, 모두가 존엄해야 돼. 그게 짐승일지라도."

그리고 노인은 덧붙인다.

"지금이라도 멈춰야 한다고 생각한다네. 늦지 않았다고 생각해야지. 되돌릴 수 없다며 아무것도 하지 않으면……."

그리고 노인은 공작이 묻힌 곳을 한참이나 바라본 뒤 작게 말한다.

"더 나빠지는 걸 막을 수도 없지."

노인은 모든 것의 죽음이 결정된 시대에, 지금도 늦지 않았다고 생각한다. 나는 부정한다. 이미 달리고 달려 끝까지 멈추지 못해 그대로 나락으로 떨어지고야 만 인류를 보았기에 쉬이 납득할 수 없다. 그럼에도 그가 추구하는 것은 무엇일까 생각한다. 그것이 내가 과거로 온 이유가 될 수 있을까?

"그런 표정도 지을 줄 알았나, 자네?"

나는 그제서야 내 표정이 일그러져 있음을 깨닫는다. 나는 눈썹에 힘을 준 채로 눈을 가늘게 뜨고 있다. 안면 근육에 주었던 힘을 풀면서 노인을 바라본다. 노인은 재밌다는 듯 웃더니 입을 연다.

"우린 이걸 낙관이라 부른다네."

노인은 항상 나를 꿰뚫는 듯한 말을 내뱉는다. 나는 낙관이 무엇이냐 묻는다.

"더 나아질 수 있다는 희망."

이 땅은 결국 회생한다. 만 년의 시간이 흐르고 나서

파괴자가 사라진 지구의 해수면은 다시 낮아진다. 하지만 떠난 생명은 돌아오지 않는다. 우주의 기적을 찬미하고 찬송할 생명은 다시 움트지 않는다. 관측자가 존재하지 않는 우주는 어떠한 기적도 의미를 지니지 못한다. 그것이 그저 우연에 불과할지라도, 관측자가 스스로의 기적을 인지하지 못하더라도 이 사실은 변하지 않는다.

노인의 말을 곱씹는다. **더 나아질 수 있다는 희망.** 그렇다면 앞을 확신할 수 없으면서도 시도하고 마는 마음은 낙관을 품은 것과도 같은 걸까?

나는 하나의 **미련한** 일을 생각한다.

*

나는 제어 시스템의 기능을 확장한다. 동물원뿐만 아니라 이 일대를 자생시킬 수 있을 정도로 그것을 손본다. 그 끝의 청사진을 그린 뒤 그것이 유지될 동안 일대의 생태계가 독립 가능할 정도로 회복될 것을 예측한다. 몇 개월 동안 노인의 일과를 도우며 수면에 발을 담그던 시간을 아껴 그 일에 몰두한다. 노인은 자신을 따르기만 하던 내가 무언가를 독립적으로 해내는 모습이 신기하다고 말한다. 나는 이것이 미련한 일이라 답한다. 노인은 무슨 뜻이냐 되물었고 나는 노인의 대답을 되돌려준다. 노인은 깔깔 웃는다. 나는 웃음의 의미를 파악하지 못한 채 제어 시스템의 물리적 계통을 손본다.

내가 하려는 일은 분명 신인류의 기준에 있어 이질적이다. 논리적이지 않다. 나에게 유익하지 않다. 목적이나 목표가 분명하지도 않다. 그렇기에 나는 이것을 미련한 일이라 정의한다. 노인은 가끔 옆으로 새기도 하는 것이 사람이라고 답했다. 나는 그 말을 사람은 목적 따위가 분명한 일만을 하는 건 아니라는 뜻으로 받아들인다. 나는 사람이다. 사람이므로 미련한 것인지 미련하므로 사람인 것인지 알지 못한 채 스스로도 납득할 수 없는 비이성적인 기행을 벌인다. 언젠가부터 환청이 들리지 않는다는 사실을 깨닫는다. 환청은 스스로의 물음이었음을 깨닫는다. 그렇다면 나는 지금 도망을 멈춘 것인지 생각한다. 무엇으로부터 도망치고 있었던 것인지 명확히 정의하길 무시하며 제자리에 멈춰 서 있던 소극적인 형태의 도망을 손짓과 걸음으로 바꿀 뿐이다. 왜 이러고 있는 것인지를 적확한 언어의 형태로 포착할 수 없다. 그러면서도 손과 발은 멈추지 않는다. 이상한 느낌이다. 나는 지금 처음으로 모방과 추적이 아닌 행동을 벌이고 있다. 능동을 행하고 있다. 노인은 그런 나를 제지하지 않는다. 의문을 표하지도 않는다. 그저 곁에서 바라보며 나와 같은 시공간에 함께할 뿐이다.

나는 모든 일을 끝마친 뒤 오랜만에 비탈에 앉아 밤

하늘을 바라본다. 넓어졌던 해안가를 가득 끌어안고 쏟아질 듯 빛나던 은하수와 별의 모습이 그대로다. 눈에 별의 빛이 내려앉는다. 하나, 둘, 셋……. 점이 선을 이룸과 동시에 선이 면을 이룰 정도로 무수하다. 그럼에도 밤의 깊은 검음은 건재하다. 태양은 그렇게나 찬란한데, 그저 멀다는 이유로 저 수많은 태양의 형제는 지구의 하늘을 밝히지 못하고 그저 무수한 점을 수놓을 뿐이다. 그럼에도 수억 년이고 그 찬란함은 지속될 것만 같다. 별의 강물이 스스로 발하는 빛에, 포말이 하얗게 별빛을 품고 다가오다 물러서길 반복하며 반짝인다. 발목 언저리를 끌어안는 빛무리는 차갑다. 차갑고 밝다. 밤은 어둡지 않다. 검을 뿐이다. 우주는 그런 본모습을 부끄럼 없이 지구에 비춘다. 나는 지구에서 그 경이를 하염없이 압도된 채로 바라본다. 제아무리 초광속에 닿아도, 시간을 거슬러도 우리에게 괜찮다고 말해주듯 변함없이 그곳에 있던 자연 그 자체의 위엄을 바라본다. 한없이 깊고 넓어 미처 헤아리거나 이해하지 못할지라도 그 자체로 우리를 품고는, 끝내 우리에게 기회를 주고 마는 세계의 관용을 바라본다. 이해할 수 없다. 보다 분명한 형태의 우주가 있다면 그것은 분명 차갑고 검은, 하지만 찬란히 빛나는 모습으로 우리를 너그럽게 끌어안을 것이다.

나는 기회라는 안배를 받아들이기 위해 자리에서 일어난다. 양말과 신발을 그곳에 둔 채 맨발로 비탈을 오른다. 오래도록 관리되지 않아 고르지 못한 지표에 발이 쓸리는 감각이 느껴진다. 고통은 오랜만이라 발의 따가움이 낯설다. 그럼에도 걸어간다. 아직 잠들지 않은 채 내가 그랬던 것처럼 하늘을 바라보는 노인에게로 향한다. 노인은 나의 기척을 눈치채곤 나에게로 시선을 돌린다. 나는 미래에 대해 말한다. 당신의 낙관은 미래에 존재하지 않는다. 인류를 집어삼킨 비관 속에서 어떤 생명도 살아남지 못해 전부 무(無)로 사그라들고 만다. 이 밤 하늘을 바라볼 수 있는 존재는 한 줌도 남지 않는다. 노인은 생각에 빠진 듯 말을 잇지 않고 다만 하늘을 바라볼 뿐이다. 나는 당신의 행동을 읊는다. 당신은 당신이 살아남기도 힘든 상황에서 다른 종의 삶을 바랐고, 그것이 이어지길 바랐고, 그것이 존엄하길 바랐다. 끝이 예정되어 물질적 허영이 팽배한 시대에서 무형의 가치를 좇았다.

"자네가 보기엔, 그게 다 어땠나?"

나는 당신으로부터 **낙관**을 배웠다고 답한다. 노인은 어린아이 같은 대답이라며 웃는다.

"그래서 미련한 일을 벌인 거구만, 자네!"

나는 얼굴 근육이 멋대로 움직이는 것을 느낀다. 눈은 가늘어졌을 것이고, 입꼬리는 올라갔을 것이며, 입은 벌어진 채 치아를 보이고 있을 것이다. 웃음이라 부르던 표정이다. 스스로 만들어 느끼고도 낯선 감각이다. 나는 수천 년 동안 재생이라는 기적을 바라보았던 경험을 이야기한다. 우리의 삶은 유한할지언정 우주가 이어지는 한 기적은 무한할 것이라 말한다. 하지만 그 많은 것을 깨닫고도 나는 내가 바라는 바를 명확히 정의해 말하지 못한다. 그래서 나는 혈관을 모사한 전선이 이어져 언제까지고 무한한 에너지를 제공할 심장을 꺼내어 노인에게 건넨다. 제어 시스템을 확장하고 개량했던 이유를 말한다. 이곳의 생태계만큼은 파괴되지 않을 것이라 말한다.

"내가 죽더라도, 저것들은 살아갈 수 있단 말이지?"

나는 긍정을 표한다. 노인은 아무 말 없이 고개를 끄덕인다. 나는 그것이 긍정인지 부정인지 유예인지 알지 못한다. 다만 노인은 나의 차가운 심장을 받아 든다. 나는 심장에 연결된 전선을 분리한다. 이제 내가 밤하늘을 볼 수 있는 시간은 찰나에 불과할 것임을 나는 안다. 나는 노인 곁에 앉는다. 노인은 말없이 밤하늘을 바라본다. 나 역시도 노인을 따라 같은 하늘을 바라본다. **경이롭다. 아름답다. 찬란하다.** 별빛이 사그라든다. 내 시야가 어두워지는 것임을 안다. 나는 눈을 감는다.

비탈의 파도 소리가 들려온다.

대학 새내기 시절 어느 날을 기억한다. 입시가 얼마 지나지 않았고, 가지 못한 대학에 열등감을 품고 있었다. 동시에 아르바이트를 알아보고 있었고, 통장 잔액을 보며 투덜댔던 것도 같다. 너무 덥거나 춥지 않은 캠퍼스에는 별다른 일 없이 점심 방송이 흘러나오고 있었다. 그렇게 더없이 평화롭고 일상적인 날, 돌연 느꼈던 위화감을 아직 잊지 못한다.

이런 특별할 것 하나 없는 일상을 위해 죽기 살기로 공부했던 건가.

투명한 초록빛의 플라타너스 잎들이 살랑이고 있었음에도 쏟아지는 소리가 매미였는지 바람이었는지 알 수 없었다. 주변의 모든 가치가 불온하게 흔들리는 것 같았다. 그 모든 불안을 뒤로 한 채 수업을 들으러 가야 했고, 강의를 듣고 과제를 해야 했다. 여느 남들처럼, 여느 날들처럼. 결국 미결된 그 의문을 가진 채로 이십대에 들어섰다. 글을 쓰게 되었다. 쓰지 않고서는 답답했다.

*

소설은 질문으로 시작되면서도 정작 그 끝에선 답을 얻지 못한다. 인물, 사건, 배경의 힘을 빌려 구체화 된 질문이 바로 소설이다. 하나 흐릿한 그 의문을 가지고, 의도적으로 고통스럽게 조직된 세계를 통과하고 나면 더 또렷한 질문이 남을 뿐이다.

대구에는 코로나19가 크게 유행했다. 노동자는 폐허가 된 공장의 높은 탑에 올라 농성했고 뜨겁거나 차가운 바닥에서 단식투쟁을 했다. 어느 나라에서는 전쟁으로 사람이 죽어갔고, 매년 여름과 겨울마다 기온의 상한과 하한이 갱신되었으며 여성, 청년, 노인, 장애인, 성소수자의 자살 및 살해 소식은 끊이지 않았다.

남들보다 잘 살기 위해서가 아니라, 남들만큼만 혹은 남들처럼만 살기 위해 싸우는 사람들이 있었다. 특별함이 아닌 평범함을 위해. 살아가기 위해 살아남아 투쟁하는 이들이 있었다.

그렇다면 이곳이 잘못된 게 아닌가?

우리는 왜 고작, 이렇게나 평범한 삶을 살아가기 위해, 무정한 세계와 투쟁해야 하는 걸까?

*

그런 것들을 계속해서 적었다. 같은 질문을 함께 나눌 사람들이 있다고 믿고 싶었다. 내가 죽지 않고 이곳을 사랑할 이유를 찾고 싶었다.

결국 세계를 믿기 위해 소설을 적지 않았나 생각해 본다.

2025년 여름
이하진

발표 지면　이토록 아름다운 세상에,《현대문학》(2022년 7월호).
어떤 사람의 연속성,《포스텍 SF 어워드 수상 작품집 No.1》(2022년, 아작).
지오의 의지,《사랑과 혁명 그리고 퀘스트》(2024년, 구픽(기획)).
발로發露,《자음과 모음》(2024년 겨울호).
마지막 선물, '한국물리학회 SF 어워드' 가작 수상작(2022년).
저 외로운 궤도 위에서,《구도가 만든 숲》(2022년, 안온북스).
표류 공간의 서광(미발표작).
우리가 마주할 기적은 무한하기에(미발표작).

우리가 마주할 기적은 무한하기에

초판 1쇄 발행　2025년 8월 27일
초판 2쇄 발행　2025년 11월 14일

지은이　이하진

펴낸곳　㈜안온북스　펴낸이　서효인 · 이정미　출판등록　2021년 1월 5일 제2021-000003호
주소　서울 마포구 월드컵로14길 28 301호　홈페이지　www.anonbooks.net
인스타그램　@anonbooks_publishing　디자인　이지선　제작　영신사

ISBN　979-11-92638-72-0(03810)